大武神 대무신

임영기 新무협 판타지 소설

FANTASTIC ORIENTAL HEROES

대무신 12
임영기 新무협 판타지 소설

초판 1쇄 찍은 날 § 2009년 10월 28일
초판 1쇄 펴낸 날 § 2009년 11월 4일

지은이 § 임영기
펴낸이 § 서경석

편집장 § 문혜영
편집 § 주소영

펴낸곳 § 도서출판 청어람
등록번호 § 제1081-1-89호
등록일자 § 1999. 5. 31
어람번호 § 제2-1839호

주소 § 경기도 부천시 원미구 심곡2동 163-2 서경B/D 3F (우) 420-822
전화 § 032-656-4452 팩스 § 032-656-4453
http://www.chungeoram.com
E-mail § eoram99@chollian.net

ⓒ 임영기, 2008

ISBN 978-89-251-1976-2 04810
ISBN 978-89-251-1489-7 (세트)

※ 파본은 구입하신 서점에서 교환하여 드립니다.
※ 저자와 협의하여 인지를 붙이지 않습니다.
※ 이 책은 도서출판 청어람과 저작자의 계약에 의해 출판된 것이므로,
  무단 전재 및 유포 · 공유를 금합니다.

大武神 대무신

백괄 살인공을 한몸에 지닌 그를
훗날 천하는 그렇게 불렀다.

FANTASTIC
ORIENTAL HEROES

12 [완결] 대무신(大武神)
임영기 新무협 판타지 소설

目次

제126장	임신(妊娠)	7
제127장	제압(制壓)	27
제128장	강간(强姦)	53
제129장	좌절(挫折)	79
제130장	피습(被襲)	109
제131장	교활(狡猾)	133
제132장	귀재(鬼才)	155
제133장	대계(大計)	177
제134장	여황(女皇)	207
제135장	희생(犧牲)	237
제136장	출정(出征)	267
제137장	무신(武神)	289

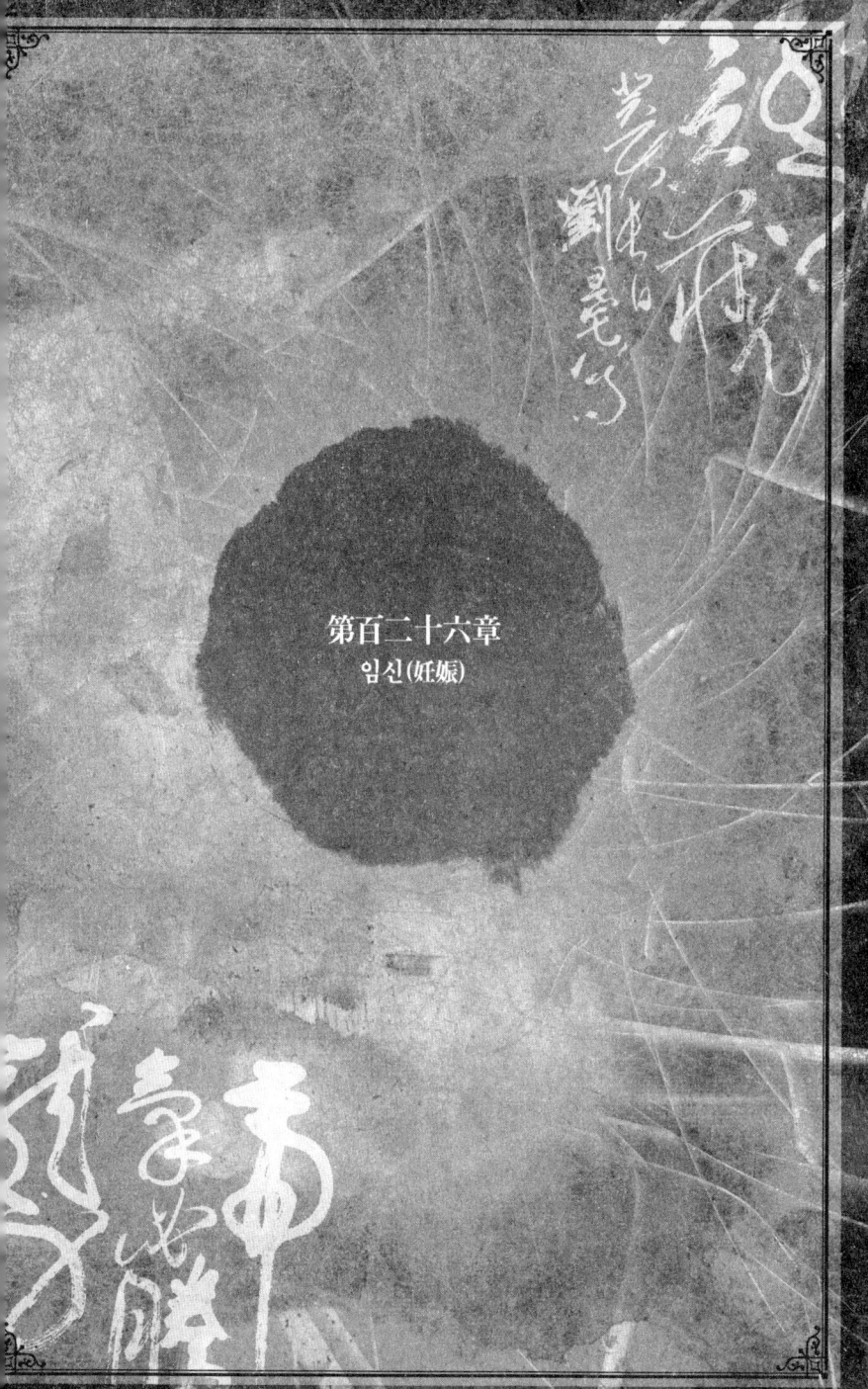

第百二十六章
임신(妊娠)

대무신
大武神

　으슥한 밤.

　태무악이 무영투공의 수법을 전개하여 자금성의 높은 담을 넘어가고 있었다.

　담을 넘은 그는 바닥에 내려서지도 않은 상태에서 한차례 주위를 빠르게 둘러보고는 한쪽 방향을 향해 빛처럼 빠르게 쏘아갔다.

　그는 내전으로 가는 길목에 있는 건청문(乾淸門) 위를 추호의 기척도 없이 날아 넘었다.

　수많은 군사들이 지키고, 황궁고수들과 동창, 서창의 고수들이 순찰을 돌고 있었으나 태무악의 흐릿한 기척이라도 감지한 사람은 아무도 없었다.

그는 내전의 후삼궁(后三宮) 중 하나인 곤녕궁(坤寧宮) 안으로 한줄기 안개처럼 스며들어 갔다.

해시(亥時:밤 10시)가 거의 되어가는 시각인데도 주령은 황금빛 보료에 단정하게 앉아서 서책을 읽고 있었다.

그리 넓지 않은 아담한 실내는 주령이 휴식을 취하는 공간으로, 고풍스럽고 격조 높은 가구들이 자리를 하고 있어 그녀의 성품을 잘 드러내고 있었다.

이 방은 그녀만의 공간이라서 시녀나 호위무사들은 밖에서 대기를 하고 있다가 그녀가 불러야 들어온다. 즉, 그녀는 지금 혼자 있었다.

그때 추호의 기척도 없이 주령의 오른쪽에 흐릿한 무엇인가 나타나기 시작했다.

그런가 싶은 순간 사람의 형체를 갖추다가 순식간에 태무악의 모습이 되었다.

그가 주령 곁에 바짝 붙어 앉아서 서책을 들여다보고 있는데도 그녀는 까맣게 모르고 있다.

태무악은 서책에서 시선을 거두어 주령의 옆얼굴을 바라보다가 뺨을 향해 가만히 입술을 내밀었다.

쪽!

"앗!"

그가 뺨에 입을 맞추자 주령은 화들짝 놀라 반사적으로 몸을 움츠리는 것과 동시에 태무악을 향해 주먹을 휘두르며 공격해 갔다.

척!

그러나 그녀의 팔은 태무악에 의해서 너무도 간단하게 잡혀버렸다.

"아……."

다음 순간 그녀는 자신과 바짝 붙어 앉아 있는 태무악의 미소 짓는 얼굴을 발견하고는 크게 놀라면서도 기쁜 표정을 얼굴 가득 떠올렸다.

그때 방문이 왈칵 열리면서 주령의 비명을 들은 몇 명의 호위무사가 들이닥쳤다.

하지만 주령이 태무악에게 시선을 고정시킨 채 손을 젓자 그들은 즉시 공손히 허리를 굽히고 방을 나갔다.

방문이 닫히자 주령이 막 무슨 말을 하려는데 태무악의 입술이 그녀의 입술을 덮었다.

주령은 눈을 동그랗게 뜨고 놀라는 표정을 지었으나 곧 사르르 눈을 감고 온몸을 태무악에게 맡겼다.

태무악의 혀가 미끄러져 들어와 주령의 입술을 벌리더니 그녀의 혀를 부드럽게 빨아들였다.

주령은 몸이 촛농처럼 녹아내리는 듯한 황홀함을 느끼며 바르르 전율했다.

그 순간 그녀는 움찔했다. 태무악의 손이 한 마리 영활한 뱀처럼 자신의 앞섶을 풀어헤치고 그 속으로 스며들어 젖가슴을 만지기 시작했기 때문이다.

태무악의 입과 손은 요술을 부렸고, 주령의 정신과 몸은 그것에 사로잡혔다.

태무악의 입은 그녀의 입술과 혀를 마음껏 유린하고, 그의 손은 풍만한 젖가슴을 부드럽게 쓰다듬으면서 주물렀고, 유두를 비틀어댔다.

"음……."

주령은 온몸을 바들바들 떨었다. 너무 황홀해서 정신을 잃을 것만 같았다.

태무악의 손이 치마 속으로 미끄러져 들어와 허벅지 깊은 곳을 더듬다가 속곳 속으로 스며들었으나 주령은 정신이 몽롱한 상태라서 자각하지 못했다.

어느새 주령은 보료 위에 길게 누운 자세가 되었다. 상의는 다 풀어헤쳐져서 풍만한 젖가슴이 드러났고, 치마는 걷어 올려지고 속곳이 무릎까지 내려갔으며, 그녀 자신도 모르게 두 다리를 약간 벌리고 있었다.

태무악은 입으로 젖가슴을 힘차게 빨았고, 손으로는 옥문을 쓰다듬으며 애무했다.

 주령은 너무도 흥분하고 황홀해서 당장에라도 숨이 멈춰 버릴 것만 같았다.

 "아아… 오라버니……."

 뚝!

 그때 그녀의 입에서 탄성이 새어 나오는 순간 돌연 태무악의 동작이 그대로 멈추었다.

 이어서 태무악은 주령의 젖가슴과 옥문에서 입과 손을 떼고 상체를 곧추세우며 적잖이 놀란 표정을 지었다. 방금 그것은 주령의 목소리가 아니었던 것이다.

 "너는 예아로구나."

 "하아… 네. 오라버니."

 태무악의 물음에 주령은, 아니, 단예는 상체를 일으켜 두 팔로 그의 목을 안으면서 계속 해달라는 듯 뜨거운 숨결을 토해냈다.

 "이… 이런 실수가……."

 태무악의 얼굴이 보기 싫게 일그러졌다. 그는 단예가 주령인 줄로만 알았다. 그래서 거침없이 애무를 하고 은밀한 곳을 더듬었던 것이다.

 원래 그는 단예와 우란에게 얼굴과 체구를 원하는 대로 변화시킬 수 있는 변체환용비술을 가르쳤었다.

임신(妊娠) 13

이유는 하나. 그녀들로 하여금 주령을 그림자처럼 호위하도록 만들려는 것이었다.

그가 원했던 대로 단예와 우란은 오래지 않아서 변체환용비술을 능숙하게 전개할 수 있게 되었다.

그리고 둘이서 번갈아가며 주령의 모습으로 변장을 한 후 그녀의 자리를 지키고 있었다.

천존과 천중신군의 실체가 암습해 올 경우에 주령을 보호하기 위해서다.

오늘도 변함없이 단예는 주령의 모습으로 그녀의 역할을 하고 있었다.

그런데 태무악은 주령이 너무 보고 싶은 나머지 그 사실을 잠시 잊어버리고 말았다.

그래서 주령으로 변신한 단예를 보는 순간 앞뒤 가리지 않고 달려들어 마구 사랑의 행위를 가했던 것이다.

실수도 이런 실수가 없다. 본의 아니게 단예에게 몹쓸 짓을 하고 말았다.

단예 입장에서는 느닷없이 태무악이 입맞춤을 해왔기 때문에 뭐라고 말을 할 수 있는 형편이 아니었다.

또한 그녀는 평소에 태무악을 연모했기 때문에 그의 행동을 뿌리칠 이유가 없었다.

게다가 그가 사람을 잘못 보고 그런 행동을 하는 것이라고는 추호도 생각하지 못했다.

그저 태무악에게 온몸을 맡기고, 마침내 자신의 오랜 사랑이 이루어지나 보다라는 정신적인 희열과 온몸을 태풍처럼 휩쓰는 육체적인 흥분을 만끽했을 뿐이다.

"예아."

태무악은 책상다리로 앉아서 단예의 얼굴을 똑바로 쳐다보지 못하고 씁쓸하게 그녀를 불렀다.

"네. 오라버니."

"미안하다."

"네?"

단예는 그게 무슨 말인지 금세 이해하지 못하고 말끄러미 태무악을 바라보았다.

그녀의 얼굴은 극도의 흥분으로 발갛게 달아올랐고 동공은 풀려 있었다.

"네가 령아인 줄 알고 그랬다. 실수였다."

"……."

단예는 그 말을 이해하려고 애쓰는 듯 눈을 깜빡거렸다.

"령아는 어디에 있느냐?"

태무악은 끝까지 단예를 쳐다보지 않은 채 물었다.

"내실에……."

단예는 복잡한 표정으로 대답했다.

태무악은 즉시 일어나서 내실로 향했다.

그러나 단예는 무릎에 걸쳐져 있는 속곳을 올리지도, 풀어헤쳐져서 드러난 젖가슴도 수습하지 못한 채 망연자실한 얼굴로 앉아 있었다.

이른 새벽.

사륵…….

태무악은 자신을 꼭 안은 채 깊이 잠든 주령을 조심스럽게 떼어내고 몸을 일으켜 앉았다.

그는 옷을 갈아입기 전에 잠시 동안 그녀를 물끄러미 굽어보았다.

실오라기 하나 걸치지 않은 채 태무악을 향해 누워 있는 그녀의 전라는 눈이 부시도록 희고 아름다웠다.

이토록 아름다운 여인이 정말 자신의 여자인지, 나보다도 더 나를 사랑하고 있는 것인지, 그리고 내 말 한마디에 울고 웃는다는 게 믿어지지가 않았다.

태무악의 두 눈에 사랑스러움이 가득 넘쳤다.

만약 할 수만 있다면, 이 여인과 함께 아무도 모르는 곳으로 가서 둘이서만 죽을 때까지 오순도순 행복하게 살고 싶은 생각이 간절했다.

그러나 그럴 수는 없다. 그에게 있어서 부모의 원수를 갚는 일은 살아서 숨을 쉬는 동안에는 기필코 이루어야만 하는 생의 목적이었다.

여태까지의 그의 생애는 크게 세 개의 분기(分期)로 나눌 수 있다.

부모와 고향에 대한 기억을 가슴에 품은 채 그곳으로 돌아가는 것을 목적으로 여겼던 삶.

부모와 식솔들이 천존에게 변을 당했다는 사실을 알게 되어 천존에게 복수하는 것을 평생의 목적으로 여겼던 삶.

자신과 주령이 사랑하는 사이라는 사실을 깨닫고 그녀를, 그리고 자신들의 행복을 지키는 것을 목적으로 삼은 삶.

그렇지만 그 세 가지 목적 중에서 처음의 것은 이제 이룰 수 없게 되었다.

부모가 죽었기 때문에 그들에게 돌아갈 수도, 고향에서 살 수도 없는 것이다.

하지만 남은 두 가지 목적은 이룰 수 있다. 부모의 원수를 갚고, 사랑하는 주령을 지키면서 그녀와 죽을 때까지 행복하게 사는 것.

그러자면 기필코 천존을 죽여야만 한다. 그러지 않고는 과거를 청산할 수도, 미래를 기대할 수도 없다.

그것은 곧 태무악과 주령 두 사람의 사랑과 행복을 이어갈 삶 자체가 불투명하다는 뜻이었다.

태무악의 시선은 주령의 온몸을 찬찬히 훑다가 마지막으로 얼굴에서 멈추었다.

그는 주령이 아름답다고 생각한다. 하지만 그에게 그 사실은 그다지 중요하지 않다.

그녀가 태무악의 여자라는 것. 그녀의 인생 전체가 온전히 그에게 속해 있다는 것. 그가 없으면 그녀도 없고, 그녀가 없으면 그도 없다는 것. 그런 것들이 중요할 뿐이었다.

슥…….

문득 태무악은 주령의 뺨을 만지려고 이끌리듯이 손을 뻗었다가 멈추고 다시 거두어들였다.

그녀가 깰까 봐 염려하는 것이다. 그녀가 깨면 헤어짐이 어려워질 수도 있다.

태무악은 이것이 짧은 이별이기를, 사랑하는 주령의 얼굴을 곧 다시 보게 되기를 진심으로 소원했다.

이윽고 그는 침상에서 내려와 옷을 입고 마지막으로 주령에게 일별을 던진 후 기척없이 방을 나갔다.

"아… 잠든 사이에 가시다니…….."

이른 아침 잠에서 깬 주령은 침상에 자신만 혼자 남아 있는 사실을 깨닫고 안타까움에 눈물을 지었다.

태무악이 누웠던 자리를 만져 보니 온기가 남아 있지 않은 것으로 미루어 오래전에 떠난 듯해서 그것이 더 마음을 아프게 했다.

낭군이 떠나는데 자신은 미련하게 잠만 쿨쿨 자고 있었다는 자책감과 또다시 자신을 혼자 내버려 두고 간 태무악에 대한 야속함이 겹쳐졌다.

사르락.

그녀는 가만히 자리에서 일어나 앉았다. 덮고 있던 이불이 흘러내려 뽀얗고 윤기 어린 나신이 드러났다.

그녀는 옷을 입을 생각도 하지 않은 채 그대로 앉아서 아쉬움이 가득한 표정으로 창을 바라보며 자신의 배에 가만히 손을 얹었다.

"꼭 드릴 말씀이 있었는데……."

이어서 그녀는 자신의 배를 내려다보았다.

문득 입가에 살포시 미소가 피어났다.

넉 달 전 반천성 청은각에서 태무악과 뜨겁고도 격렬한 첫날밤을 보낸 것에 대한 너무도 크고 가슴 벅찬 보답이 지금 그녀의 자궁 속에 담겨 있었다.

사랑의 결정체. 태무악의 씨앗이 그녀의 자궁에서 넉 달째 자라나고 있는 것이다.

그녀는 이번에 태무악을 만나면 그 사실을 꼭 말해주고 싶었다.

그래서 우리는 이제 둘이 아닌 셋이며, 행복도 세 배로 커지게 될 것이라고 자랑하고 싶었다.

그리고 또한 그 말을 듣고 함박웃음을 지으며 기뻐할 태무악의 모습을 보고 싶었다.

천애고아인 외로운 태무악에게 새로운 생명을 잉태했다는 소식보다 더한 기쁨은 아마도 없을 것이다.

주령은 자신이 임신을 했다는 사실을 깨닫고 난 후부터는 예전처럼 몸서리쳐지도록 외롭지 않게 되었다.

태무악의 분신이 자신의 자궁 속에서 고이고이 자라나고 있기 때문이었다.

이제는 그가 없어도 그의 분신이 그녀를 지켜주고 있었다. 아니, 그녀가 태아를 지켜주고 있는 것이다. 서로가 서로를 지켜주면서 인내하고 있는 것이다.

주령은 부드럽게 자신의 배를 쓰다듬으면서 부드러운 목소리로 속삭였다.

"아가. 너는 세상에 나오고 나서도 아버지처럼 나를 외롭게 만들지 말아야 한다."

그녀의 목소리는 어미의 목소리를 닮아 있었다.

* * *

반천성의 지휘 체계에 일대 변화가 생겼다.

너무 많은 방, 문파와 군웅들이 운집하는 바람에 반천성을 내성(內城)과 외성(外城) 크게 둘로 나누었다.

내성은 개인적으로 모여들어 시험을 거쳐서 선발된 사람들로 이루어졌다.

최고위는 반천삼장로인 단현림, 우무평, 단가상이고 그다음이 반천사부의 부주인 단유랑, 우란, 강탁, 단예다.

지휘 체계를 개편하는 날 현재 내성은 총 팔천여 명의 반천고수와 반천무사를 보유하고 있었다.

그래서 각 부 휘하에 고루 이천 명씩을 할당했으며, 부 아래에 전(殿)과 당(堂), 단(壇), 대(隊), 영(營), 향(香), 조(組)를 두었다.

일부(一府)는 두 개의 전을 두고 각 전에 천 명씩이다. 그 아래는 네 개의 당이고 각 당에 오백 명이며, 사당 휘하에는 십 단이 있으며 각 단은 이백 명이고, 그 아래 이십 개의 대로 각 대는 백 명, 사십 개 영에는 각 영에 오십 명, 하나의 향에 이십오 명씩 도합 팔십 개 향, 각 향은 다섯 개 조를 거느리는데 각 조는 다섯 명이다.

일 개 조의 조원이 당시에는 다섯 명밖에 안 되었지만, 하루가 지나자 칠팔 명으로 늘었고, 그다음 날에는 열 명으로 불었다.

부주에서부터 두 명의 전주와 네 명의 당주, 여덟 명의 단주

까지는 기존의 반천고수들이 맡았으며, 그 아래 대주는 새로 가입한 반천무사들 중에서 일등급이 대주를, 영주는 이등급으로 분류된 고수들을 기용했고, 그 아래 향주, 조장은 각각 삼, 사, 오등급 반천무사들로 채워졌다.

반천성 외성은 모두 방, 문파들로만 이루어져 있다는 것이 내성과 다른 점이었지만 지휘 체계는 같다.

외성 최고부서는 부로써 구파일방이 아홉 개 부가 되고, 그 아래 전과 당, 단, 대 등은 각 방, 문파의 명성과 규모, 세력에 맡게 고루 편성했다.

지휘 개편을 할 당시에 내성은 팔천여 명, 외성은 삼만여 명으로 도합 삼만 팔천여 명에 달했다.

그러나 그로부터 열흘 뒤에 내성은 만 오천여 명, 외성은 오만여 명으로 가히 폭발적으로 불어났다.

"지금부터 열 명의 특전수(特戰手)를 뽑겠다. 나와 열 명의 특전수는 싸움이 벌어졌을 때 가장 선두에서 적을 돌파하게 될 것이다."

카랑카랑한 여자의 목소리가 드넓은 대전 안을 낭랑하게 울리고 있다.

그녀 우란은 대전의 전면 단상 위에 발을 어깨너비로 벌린 채 두 손을 허리에 얹은 당당한 모습으로 단하에 도열해 있는 백오십육 명을 쓸어보며 말을 이었다.

"특전수는 별동대다. 누구의 명령도 받지 않고 오직 내 명령에만 따른다. 가장 용맹하게 싸우고, 언제 죽을지 모르는 자들이기에 최고의 특전을 약속하겠다."

단하 맨 앞줄에는 두 명의 전주가, 그 뒤에는 네 명의 당주, 그 뒤에 열 명의 단주 등의 순서로 백오십육 명이 도열해 있다.

이들은 우란이 지옥부(地獄府)라고 명명한 반천사부의 제사부(四府) 각 부서 책임자들이다.

사부주, 아니, 지옥부주 우란의 말에 백오십육 명의 눈이 햇빛에 반사되는 사금파리처럼 반짝였다.

이들은 천존으로부터 무림과 중원을 구하기 위해서 모인 뜨거운 피가 끓는 군웅이다.

죽음을 두려워하고 명예를 모르는 소인배라면 애초에 반천성에 가입하지도 않았을 것이다.

그러므로 최선봉에 나설 수 있는 특전수가 되는 것은 용맹과 명성을 떨칠 수 있는 무엇과도 바꿀 수 없는 절호의 기회다.

"싸움에 임했을 때 가장 중요한 것이 무엇이냐?"

"용기입니다!"

우란의 질문이 떨어지자마자 열 명의 단주 중 한 명이 기다렸다는 듯이 우렁차게 대답했다.

"실력입니다!"

임신(妊娠) 23

"임전무퇴(臨戰無退)입니다!"

"승리하는 것입니다!"

첫 번째 대답 직후 대전 이곳저곳에서 와르르 갖가지 대답들이 쏟아져 나왔다.

우란은 모두들 한마디씩 시끌벅적하게 떠들도록 내버려 두었다가 조용해지자 천천히 장내를 둘러보았다.

"더 없느냐?"

그러자 저 뒤쪽에서 누군가의 조용하고 낮은 목소리가 들려왔다.

"되도록 적을 많이 죽이는 것입니다."

거창하지 않지만 구체적인 대답이었다.

우란의 눈이 반짝 이채를 발했다.

"맞다. 그러기 위해서는 어떻게 해야 하지?"

뒤쪽의 목소리가 또 대답했다.

"실수를 하지 말아야 합니다."

그 대답에 우란은 흐릿한 미소를 지으면서 단상에서 내려와 대답이 들려온 쪽으로 천천히 걸어갔다.

"그리고?"

"내가 약하다는 것을 적에게 들키지 말아야 합니다."

"어째서?"

"들키는 순간 상대는 두 배 이상 강해지기 때문입니다."

"옳다. 그다음에는 뭐가 있느냐?"

우란은 점점 목소리가 흘러나오고 있는 곳으로 가까이 걸어갔다.

"자랑스럽게 싸우다가 막다른 지경에 처했을 때에는, 자랑스럽게 죽는 것입니다."

"핫핫핫핫! 훌륭한 대답이다!"

우란은 걸음을 멈추고 고개를 뒤로 젖히며 호탕하게 웃음을 터뜨렸다.

그녀는 뚝 웃음을 그치고 도열해 있는 수하들 중 한 명을 주시하며 다시 물었다.

"삶은 무엇이냐?"

"높게 나는 것입니다."

"무엇 때문에 높게 나느냐?"

수하들 중에 단단한 체구의 한 명이 우란에게 시선을 주지 않고 전방만 주시한 채 대답했다.

"병아리들보다 많은 것을 보기 위해서입니다."

"네가 병아리가 아니라면 무엇이냐?"

"독수리입니다."

"흠! 그렇다면 죽음이란 무엇이냐?"

"인간에게 주어진 유일한 평등입니다."

"그러니까 죽음을 겁낼 이유가 없다, 그것이냐?"

"그렇습니다."

"앞으로 나와라."

우란은 냉랭하게 말하고 단상으로 걸어 올라갔다.

대열에서 한 사내가 성큼성큼 걸어나와 단상 앞에 멈춰 섰다.

우란은 당당한 체구에 용맹으로 똘똘 뭉쳐진 듯한 사내를 흡족하게 굽어보며 물었다.

"너는 누구냐?"

"제이십구영주 방권입니다."

우란은 고개를 끄덕였다.

"좋다. 방권, 너를 첫 번째 특전수로 임명하겠다. 올라와서 내 뒤에 서라."

사내 방권은 거침없이 단상으로 올라와 우란을 스쳐 지나 그녀의 뒤에 철탑처럼 우뚝 섰다.

장내의 모든 사람들이 부러운 듯 방권을 주시했다. 그러면서 나머지 아홉 명에 어떡하든 자신이 뽑히고 말겠다고 의지를 불태웠다.

방권은 모든 사람들의 시선을 한 몸에 받으면서도 일말의 표정 변화도 없이 전면의 우란의 뒤통수만 쏘아보고 있었다.

단지 그의 왼쪽 뺨에 깊고도 길게 새겨진 칼자국 흉터가 미미하게 꿈틀거릴 뿐이었다.

第百二十七章
제압(制壓)

대무신
大武神

 사군악과 백일낭, 조형구 세 사람은 매우 친밀한 사이가 되어 있었다.

 반천성의 거의 모든 사람들이 새로 완공된 반천이성(反天二城)으로 옮겨갔으나 이들 세 사람과 이십오 명의 무간자는 이곳에 남았다.

 현재 무간자들은 이십오 명만이 남아 있는 상태다.

 처음에는 백칠십오 명이었는데, 무간옥에서 탈출할 때의 싸움에서 오십여 명을 잃었고, 북경성으로 오는 도중에 구십여 명 정도가 저마다 가고 싶은 곳으로 떠났으며, 다시 자금성 급습 때 열 명이 죽었다.

이십오 명의 무간자는 같은 무간자 출신인 사군악과 백일낭이 맡고 있었다.

맡았다기보다는 무간옥 시절처럼 함께 동고동락하면서 우의를 다지고 있는 것이다.

다들 반천성을 떠났으나 이들은 청은각 지하에 남아서 하루 종일 무공 연마에 전념하고 있었다.

이들의 목적은 한 가지뿐이다. 태무악의 최근접에서 호위하는 호위대의 역할을 자처하고 나선 것이다.

그것은 태무악이 시킨 일이 아니라 조형구가 백일낭에게 넌지시 내놓은 제안이었다.

그것을 백일낭이 사군악에게 상의했고, 그가 동의를 하여 신풍무간대(神風無間隊)라고 명명한 호위 조직이 탄생을 했던 것이다.

사군악과 백일낭은 신풍무간대의 무공 연마를 담당하고, 조형구는 세상물정이나 여러 가지 것들을 가르쳤다.

조형구는 보기와는 달리 매우 박식해서 뛰어난 선생의 역할을 톡톡히 해내고 있는 중이었다.

태무악은 청은각 지하 삼층에 있는 자신의 연공실에서 벌써 열흘째 두문불출 무공 연마에만 전념하고 있었다.

크고 넓은 석실에서 조형구가 한바탕 일장연설을 하고 있으며, 그 앞에는 사군악과 백일낭, 그리고 이십오 명의 무간자, 아니, 신풍무간대 신풍고수들이 자유롭게 앉아서 얘기를 듣고 있는 중이었다.

조형구는 지금 세상에 얼마나 재미있는 것들과 할 일이 많은지에 대해 입에서 침을 튀기며 열을 올려 설명하고 있었다.

그는 천존과의 싸움이 끝나고 나면 사군악과 신풍고수들이 다 함께 흑오사련으로 가기를 원했다.

흑오사련은 사파의 양대산맥 중 하나로써 장강을 중심으로 강남 지역을 지배하고 있다. 세력의 방대함으로 치면 천하제일을 자랑한다.

물론 실력 면에서는 정파나 마도의 대문파, 혹은 대방파 하나 정도의 수준이지만, 서로 이해관계가 얽혀 있지 않은 까닭에 부딪치는 일이 없으므로 사파만 잘 관리하면 된다.

조형구는 사군악과 백일낭, 이십오 명의 신풍고수가 흑오사련의 식구가 되어주면 장차 황하칠십이수로채를 공격, 괴멸시켜서 흑오사련으로 흡수하여 무림 사상 최초로 사파통일을 이루려는 원대한 야망을 품고 있다.

그리고 그 얘기를 듣고 난 사군악과 백일낭, 신풍고수들은 모두 흑오사련에 합류하여 사파통일을 이룰 것에 기꺼이 동의했다.

지금 조형구는 자신들이 사파통일을 이루고 난 후 각자에게 천하의 한 지역씩을 뚝뚝 떼어줄 테니까 그곳을 지배하면서 신나게 살아보자고 열띤 목소리로 모두를 독려하고 있는 중이었다.

"군악, 너와 영이는 나중에 흑오사련 본련에서 우리하고 함께 지내자."

조형구가 희색만면해서 말하자 사군악은 곤란한 표정으로 고개를 가로저었다.

"영이 때문에 그건 어려울 거야."

"전영은 네 마누라인데 뭐가 어려워? 혼인해서 함께 살면 되지 뭐."

"그게 아니라 영이는 계속 반천루를 운영해야 하니까 나도 그녀 곁에 있어야 한다는 얘기다."

"반천루? 그건 무악 것이잖아."

"무악은 그런 것에 욕심이 없다. 천하 곳곳에 있는 열 개의 반천루는 모두 영이 소유다."

"뭐어……?"

조형구는 입을 딱 벌리며 경악했다.

"무악이 준대?"

"진작부터 영이 것이었다."

"그럼… 수입은?"

조형구는 머릿속으로는 열 개의 반천루에서 나오는 수입을 빠르게 계산하면서 입이 바짝 타는 듯 혀로 입술을 축이며 물었다.

"무악의 목적은 천존의 자금줄을 말리는 것이니까 반천루에서 벌어들이는 수입은 필요없다면서 우리더러 가지라고 하더군."

"그거 엄청날 텐데……?"

사군악은 이맛살을 잔뜩 찌푸렸다.

"이곳 북경 반천루의 개업 첫날 수입만 금화 백만 냥이었다. 지금까지 벌어들인 것만 일억 오천만 냥 정도이고, 다른 아홉 군데 반천루에서 벌어들인 돈까지 합치면 십삼억 냥 정도 된다고 하더라."

"십… 삼억 냥……."

조형구는 입에서 거품을 부글부글 흘렸다. 그때 그의 귀가 번쩍 뜨이는 제안을 사군악이 했다.

"영이 말로는, 장강 이남에 있는 반천루를 형구 너에게 맡기고 싶다더군."

"나한테?"

"모두 네 개의 반천루인데, 네가 맡아주면 수입의 절반을 주겠다는 것 같더라. 뭐, 네가 싫다고 하면 억지로 떠맡길 생각은 없다고 하더라."

"누, 누가 싫다고 그래? 맡겠다! 무조건 맡을 거다!"

조형구는 미친 듯이 두 팔을 휘두르면서 소리쳤다. 만약 누가 애먼 소리라도 하면 당장에라도 싸울 기세였다.

예로부터 흑오사련이 안고 있는 가장 큰 고질적인 문제는 언제나 자금이었다.

그런데 네 개의 반천루를 운영하여 그곳에서 막대한 수입금이 나오게 된다면, 흑오사련의 자금난은 순식간에 해결되는 것이었다.

"어쨌든 영이가 결정하는 것이니까 나중에 영이를 만나서 얘기해라."

조형구가 희희낙락하고 있을 때 석문이 열리며 조철악이 들어섰다.

"형님."

"오빠."

사군악과 조형구, 백일낭이 일제히 자리에서 일어나며 조철악에게 예를 취했다.

한 가지 특기할 만한 일은 신풍고수들 이십오 명도 일제히 일어나 예를 취하면서 조철악을 '형님' 혹은 '오빠'라고 호칭했다는 사실이다.

참고로 신풍고수 중에는 세 명의 여자, 즉 무간낭자가 있었다.

그리고 이십오 명의 신풍고수 중에서 무간옥의 최종 시험을 통과하여 회명자가 되기 직전이었던 사람이 아홉 명이다. 여자 세 명은 모두 그 아홉 명에 속해 있었다.

조철악은 사군악과 백일낭, 조형구를 대하듯이 이십오 명의 신풍고수를 대해주었다.

조형구를 제외한 그들 모두가 무간자 출신이라서 그들을 보면 태무악을 보는 듯했기 때문이다.

"화운성이 왔다."

조철악은 조형구가 권하는 자리에 앉으려고도 하지 않고 곧바로 본론으로 들어갔다.

그의 말에 모두들 바짝 긴장했다. 화운성이 왔다는 것은 태무악과 천존의 일대일 결전이 정해졌다든지 아니면 무산됐다는 것을 의미하기 때문이다.

"화운성은 이제부터 천존을 만나러 간다고 한다."

조철악의 다음 말이 모두의 기대를 무너뜨렸다. 화운성은 아직 천존을 만나지 않은 것이다.

"천존이 북경성 근처까지 도착한 것 같으니까 너희들은 만반의 준비를 갖추고 있도록 해라."

태무악이 출발하면 신풍무간대도 출발하여 암중에서 그를 호위하라는 뜻이었다.

"알겠습니다."

대답하는 모두의 얼굴에 긴장감이 역력하게 떠올랐다.

*　　　*　　　*

"싫어요! 가지 않겠어요!"

사도옥은 두 주먹을 움켜쥐고 날카롭게 외치고 나서 얼른 하연과 소봉 뒤로 숨었다.

마치 자신을 데려가려고 하는 것을 막아달라고 그녀들에게 요구하는 것 같은 행동이었다.

화운성은 사도옥이 이럴 것이라고 어느 정도 예상은 했으나 이처럼 강경할 줄은 몰랐다.

"옥아, 할아버지뿐만 아니라 부모님께서도 와 계시는데 가지 않겠다는 말이냐?"

"그래요! 전 여기에서 살 거예요!"

사도옥은 화운성과 시선조차 마주치려고 하지 않으면서 단호하게 소리쳤다.

하연과 소봉 역시 사도옥을 보내지 않겠다는 단호한 표정을 지으며 나란히 우뚝 서서 화운성을 쏘아보았다.

화운성은 착잡한 표정으로 그녀들을 쳐다보다가 시선을 태무악에게 주었다. 어떻게 했으면 좋겠느냐는 뜻이었다.

세 여자는 태무악이 당연히 사도옥을 보내지 않을 것이라고 생각했다.

그가 사도옥을 누구 못지않게 귀여워하는 것을 잘 알고 있었기 때문이다.

"가라, 옥아."

그런데 모두의 예상을 깨고 태무악은 사도옥을 보며 조용한 목소리로 말했다. 아니, 그것은 명령이었다.

"악 오라버니……."

사도옥은 방금 자신이 들은 말을 믿을 수 없다는 표정을 지으면서 태무악을 바라보았다.

그녀뿐 아니라 하연과 소봉도 놀란 얼굴로 태무악을 쳐다보았다. 하지만 항의를 하거나 반발하지는 않았다.

"싫어요! 가지 않겠어요! 보내려거든 차라리 소녀를 죽이는 편이 쉬울 거예요!"

사도옥은 태무악에게 버림을 받았다는 충격 때문에 눈물을 비 오듯이 흘리며 더욱 거세게 외쳤다. 그것은 절규나 마찬가지였다.

그렇지만 태무악은 일부러 냉정한 표정을 지으며 사도옥을 쳐다보았다.

"너는 이곳에 있으면 짐만 될 뿐이다. 가라."

그는 사도옥을 추호도 천존과 연관시켜서 생각하지 않았었고 지금도 그 마음에는 변함이 없다.

그러나 자신이 최악의 상황에 몰리게 되었을 경우에 그녀를 볼모나 미끼로 사용하게 될지도 모른다는 우려 때문에 보내려고 하는 것이다.

사도옥은 두 주먹을 꼭 쥐고 몸을 바들바들 떨면서 태무악을 바라보았다.

그리고 그녀는 그의 싸늘한 얼굴 표정에서 그의 진심을 어렵사리 읽어낼 수 있었다.

그녀뿐만 아니라 하연과 소봉, 화운성까지도 태무악의 마음을 읽었고 또 이해했다.

사도옥은 설사 태무악이 자신을 볼모나 미끼로 쓰더라도 이곳을 떠나고 싶지 않았다.

그가 원하는 일이라면 무엇이라도 기꺼이 감수할 각오가 되어 있는 그녀다.

하지만 그의 마음이 워낙 완고해서 돌이킬 수 없다는 것을 알고 있기에 입술만 꼭 깨물 뿐 아무 말도 하지 못하고 그를 쏘아보기만 했다.

잠시의 침묵이 흐른 후 이윽고 사도옥은 나직이 한숨을 토해내며 입을 열었다.

"좋아요. 가겠어요. 하지만 한 가지 부탁이 있어요."

그녀의 말에 화운성은 안도의 표정을, 하연과 소봉은 착잡한 표정을 지었다.

사도옥은 한차례 길게 숨을 내쉰 후에 말을 이었다.

"오늘 밤만 이곳에 있게 해주세요. 내일 가겠어요."

태무악이 무심한 얼굴로 쳐다보자 그녀는 소매로 눈물을 닦으며 슬픔을 억제하느라 애쓰는 얼굴로 말했다.

"소녀의 마지막 부탁이에요. 오늘 밤만 이곳에 있도록 허락해 준다면… 내일 아침에 소녀 스스로 이곳을 떠나겠어요."

모두들 그녀가 그동안 친했던 사람들하고 오늘 밤에 작별을 고하기 위해서 그러는 것이라고 예상했다.

그래서 그 마음이 한층 애잔하고 갸륵해서 하연과 소봉은 소리없이 눈물을 흘렸다.

태무악은 묵묵히 사도옥을 응시하다가 고개를 끄덕였다.

화운성이 안도의 표정을 지으며 말했다.

"나도 오늘 이곳에서 묵을 테니까 내일 아침에 나와 함께 출발하자꾸나."

그런데 뜻밖에도 사도옥은 고개를 가로저었다.

"아니에요. 오라버님은 그냥 가세요."

"옥아……."

예전의 사도옥은 부모보다 화운성을 더 따르고 좋아했었다. 그래서 그의 말이라면 절대적으로 신봉했었는데, 이제는 그를 무덤덤하게 대하고 있었다.

화운성은 사도옥이 고집스러운 표정을 짓고 있는 것을 보곤

제압(制壓) 39

자신의 뜻을 꺾을 수밖에 없었다.

"알았다. 내일 아침에 데리러 오마."

그는 씁쓸한 얼굴로 태무악을 쳐다보았다.

"늦어도 나흘 후쯤에는 전갈을 보내겠네."

태무악이 가볍게 고개를 끄덕이자 화운성은 잠시 사도옥을 쳐다보고는 방을 나갔다.

자정이 거의 다 되어가는 시각에 태무악은 지하 연공실로 가기 위해서 운공을 끝내고 자리에서 일어섰다.

그때 문득 그는 사도옥이 계단을 올라오는 기척을 감지하고 그녀를 기다렸다.

내일 아침의 이별 때문에 그녀가 미리 작별인사를 하려는 것이라고 생각했다.

잠시 후 방문이 열리고 사도옥이 안으로 들어서더니 곧장 태무악에게 걸어와 한 걸음 앞에서 멈추었다.

아래층에서 하연, 소봉과 있으면서 많이 울었는지 눈이 발갛게 충혈된 모습이었다.

그녀는 한동안 입을 꼭 다문 채 말끄러미 태무악을 바라보기만 할 뿐이었다.

키가 큰 태무악에 비해서 아담한 체구의 사도옥은 머리 꼭대기가 그의 가슴에 겨우 이르기 때문에 고개를 들고 올려다

봐야만 했다.

그녀는 눈물을 참으려고 입술을 힘껏 깨물고 있었지만, 어느새 두 눈 가득 차오르는 눈물을 어쩌지 못했다.

태무악은 지금 사도옥이 어떤 심정인지 충분히 짐작하고도 남음이 있다.

정든 사람들과 헤어지는 것도 그럴 테지만, 그녀는 태무악 곁을 떠나는 순간부터 한 치 앞의 생사를 장담할 수 없는 처지가 되고 말 것이다.

아직 그 이유는 모르지만, 구음절맥인 그녀는 태무악에게서 수시로 모종의 신비한 기운을 받아야지만 근근이 목숨을 연명할 수 있는 상태였다.

그러므로 그녀가 태무악 곁을 떠나는 것은, 아니, 태무악이 그녀더러 떠나라고 하는 것은, 어디든 가서 죽으라는 말이나 다름이 없었다.

"오라버니, 한 번만 안아주세요."

사도옥은 울음이 터지려는 것을 참으려고 입술을 잘근잘근 깨물면서 조그맣게 속삭였다.

태무악은 허리를 굽혀 두 팔로 그녀를 조심스럽게 감싸듯이 안았다.

사도옥은 두 팔로 태무악의 목을 끌어안으며 발끝으로 가볍게 바닥을 박찼다.

그러자 태무악의 허리가 펴지면서 사도옥을 안아 올렸고, 그녀는 두 다리로 그의 허리를 감았다.

이어서 그녀는 태무악의 귀에 입술을 대고 속삭였다.

"오라버니, 소녀는 죽는 것이 겁나요……."

태무악은 사도옥의 조그맣고 앙증맞은 엉덩이를 한 손바닥으로 받쳐 안고는 가만히 있었다.

"예전에는 십오 세가 되어 죽는 것이 소녀의 운명이라고만 여기고 체념하며 살았었는데… 이곳에 와서 행복이 무엇이라는 것을 알고 나서는 죽기 싫어졌어요. 저… 죽지 않으면 안 되나요?"

그녀는 태무악의 너른 등을 꼭 끌어안고 몸을 뒤채면서 자신의 뺨을 그의 뺨에 비벼댔다.

그녀가 흘린 눈물이 태무악의 뺨을 적셨다. 그리고 그녀의 안타까운 심정도 그에게 고스란히 전이됐다.

하지만 그는 한 번 내렸던 결정을 번복하지 못한다. 지금은 사도옥을 그저 귀여운 막내 여동생 정도로 생각하고 있지만, 만약 그가 천존에게 패했을 경우에도 그런 마음이 지속될 것이라고는 장담할 수가 없었다.

천존과의 싸움에서 그가 죽음을 당한다면, 그의 측근들이 애꿎은 사도옥에게 복수를 하려 들지도 모른다. 아니, 그럴 것이 분명하다.

또한 그가 천존에게 패하고서도 요행히 목숨을 건졌다고 해도 필경 만신창이가 될 터이다.

그 상황이 되면 그는 천존을 죽이기 위해서라면 수단과 방법을 가리지 않을 것이다.

그럴 때 사도옥이라는 존재는 필경 천존을 압박하는 좋은 미끼가 되어줄 것이다. 태무악은 그렇게 될까 봐 우려하고 있는 것이다.

그가 천존에게 이기고 또 그를 죽인다고 해도 문제가 사라지는 것은 아니다.

그렇게 되면 사도옥에게 태무악은 자신의 친조부를 죽인 원수가 되는 것이다.

어찌 원수와 한 지붕 아래에서 아무 일도 없는 것처럼 생활할 수 있겠는가.

그렇기 때문에 이리저리 생각해 봐도 태무악은 그녀를 보낼 수밖에 없는 것이다.

"마지막으로 오라버니의 기를 조금만 소녀에게 주입해 주지 않겠어요?"

사도옥이 입술을 태무악의 귀에 붙이고 뜨거운 숨결과 함께 속삭였다.

입술이 움직이면서 뜨거운 숨결이 귀를 간질였으나 그는 단지 사도옥을 안쓰럽다고만 여길 뿐이었다.

"그래."

태무악은 사도옥을 침상에 내려놓고 그 옆에 앉았다.

"오라버니도 소녀 곁에 누우세요."

사도옥은 침상의 안쪽에 누우면서 그 옆자리를 손바닥으로 가볍게 두드렸다.

태무악이 편안한 자세로 천장을 보고 눕자 사도옥은 자연스럽게 바지와 속곳을 무릎까지 내렸다. 굳이 속곳까지 벗지 않아도 되지만 그녀는 한꺼번에 벗었다.

태무악이 왼손을 뻗자 사도옥은 그의 손을 잡아 자신의 아랫배에 댔다.

태무악은 구태여 진기를 일으킬 필요가 없다. 그저 손만 밀착시키고 있으면 알 수 없는 신비한 기운이 사도옥의 단전을 통해서 주입되고, 그것이 그녀의 생명을 연장시켜 주기 때문이다.

그의 손이 보통사람들보다 훨씬 큰 탓도 있지만, 사도옥의 체구가 워낙 조그맣기 때문에 그의 손은 여느 때처럼 그녀의 단전을 다 덮고도 손가락의 두 번째 마디까지 옥문에 닿게 되었다.

그런데 사도옥은 태무악의 손을 조금 더 아래로 잡아끌었다.

그러자 그의 손이 그녀의 단전과 옥문을 완전히 덮은 형국이 돼버렸다.

　대부분의 소녀들이 그렇겠지만, 사도옥은 특히나 성격이 까다로워서 열 살 이후부터는 어머니에게조차도 자신의 벗은 몸을 보여주지 않을 정도였다.

　그런 그녀가 오직 태무악에게만은 추호의 경계심도 부끄러움도 갖고 있지 않았다.

　그 이유는 아마도 그가 사도옥의 생명줄을 쥐고 있기 때문일 것이다.

　그녀처럼 까탈진 성격일수록 자신을 한 번 허용한 상대에게는 무제한적으로 몸과 마음을 열어버리는 경향이 있다.

　아직 어린 소녀인 사도옥의 옥문은 성숙한 여성의 모습을 갖추지 않았다.

　이제 막 거뭇거뭇해지기 시작한 거웃이 옥문 주변을 수줍게 가리고 있을 뿐이며, 그것을 태무악의 손이 다 덮어버렸다.

　하지만 태무악은 아무래도 상관하지 않았다. 중요한 것은 자신의 기를 사도옥에게 주입하는 것이기 때문이다.

　그는 되도록 많은 기를 주고 싶었지만 어떻게 해야 하는지 모르기에 그저 가만히 있었다.

　사도옥은 눈을 꼭 감고 가만히 있었다. 태무악의 손이 단전에 닿는 순간부터 그녀는 더할 수 없는 상쾌함과 황홀함을 느끼기 시작했다.

사실, 그녀의 그리 길지 않은 생애 중에서 지금처럼 태무악이 기운을 불어넣어 줄 때가 가장 행복했다.

조부와 부모는 그녀의 구음절맥을 치료하려고 온갖 방법을 다 써보고 또한 귀하다는 영물들은 죄다 구해서 복용시켰으나 별 소용이 없었다.

그런 것들은 단지 그녀의 공력을 높여주고 무공 증진에 도움이 됐을 뿐, 본질적인 구음절맥으로 인한 허약함을 조금이라도 낫게 해주지는 못했었다.

그런데 단지 손을 대는 것만으로 그녀의 심신을 최고의 상태로 만들어주고 있으니, 그녀에게 태무악이 얼마나 중요한 존재이겠는가.

문득 사도옥은 살며시 고개를 돌려 태무악을 바라보았다.

눈을 지그시 감고 있는 태무악의 조각한 듯 준수한 옆얼굴이 그녀의 동공 가득 들어왔다.

그녀는 잘근잘근 입술을 깨물었다. 표정으로 보아 뭔가 갈등하고 있는 듯했다.

지금 그녀는 조부가 평소에 해주던 말을 머릿속으로 떠올려 반추하고 있는 중이었다.

"옥아. 너를 살릴 수 있는 방법은 오행신체를 만나는 것뿐이란다."

사도옥은 처음 태무악에게서 신비한 기를 받고 깨어났을 때 그가 오행신체라는 사실을 깨달았다.

그녀의 놀라움과 기쁨은 굉장했다. 아마 혼절에서 막 깨어난 상태가 아니었다면 그녀는 표정과 행동으로 자신의 감정을 고스란히 표출했을 것이다.

그렇지 않아도 반천성에 있는 것이 너무도 행복했던 그녀에게 이곳에 머물러야 할 절대적인 이유가 추가된 것이다.

태무악과 함께 있을 수만 있다면, 사도옥은 제 수명을 다 누릴 수 있을 것이다.

바로 그날 그녀는 죽어도 태무악 곁을 떠나지 않겠다고 결심을 했었다.

하지만 이 밤이 지나고 동이 트면 그녀는 태무악을 떠나야만 할 운명이다.

사도옥은 두 눈을 꼭 감았다가 열 호흡쯤 후에 떴다. 그때부터 그녀는 더 이상 입술을 깨물지도, 고뇌하는 표정도 짓지 않았다.

어떤 결심을 한 것이다.

스윽!

그녀는 몸을 돌려 태무악의 몸 위로 기어올라 엎드리는 자세를 취했다.

그녀의 뜻밖의 행동에 태무악은 눈을 떴으나 그녀를 제지하지는 않았다. 그저 막내 여동생이 재롱을 부리는 정도로 여기는 것이다.

바지와 속곳이 무릎에 걸려 있고, 조그맣고 앙증맞은 뽀얀 궁둥이를 까발린 사도옥이 태무악 몸 위에 엎드려 있는 모습은 마치 곰의 배 위에 엎드린 흰토끼 같았다.

"오라버니, 소녀를 꼭 보내야만 해요?"

사도옥은 두 손으로 태무악의 얼굴을 감싸듯 안으며 애처로운 목소리로 물었다.

만약 지금이라도 태무악이 마음을 바꿔준다면 그녀도 무리한 행동을 하지 않을 생각이었다. 하지만 그럴 가능성은 희박할 것이다.

"옥아, 모두를 위해선 그 방법밖에 없단다."

"알았어요."

사도옥은 체념한 듯 그의 뺨에 자신의 뺨을 대면서 오른손으로 그의 머리를 쓰다듬었다. 그것은 그저 자연스러운 행동이었다.

문득 슬쩍 들어 올린 그녀의 엄지와 검지 사이에서 무언가 반짝였다.

그것은 쇠털처럼 가느다랗고 긴 하나의 침(針)이었다.

침을 쥔 그녀의 손이 태무악의 머리 꼭대기 정수리로 미끄러지듯이 옮겨갔다.

"옥아, 모든 일이 원만하게 풀리면, 그리고 그때 가서도 네가 우리와 함께 지내고 싶은 마음이 있으면 내가 반드시 너를 데리러 가마."

태무악은 손을 들어 사도옥의 뺨을 어루만지며 부드럽게 위로를 했다.

태무악의 정수리에 멈추었던 사도옥의 손이 멈칫했다.

그녀의 두 눈에 소르르 눈물이 가득 고여 들었다.

"미안해요. 오라버니……."

사도옥이 손에 슬쩍 힘을 주자 침이 태무악의 정수리, 즉 백회혈 속으로 찰나지간에 깊숙이 꽂혔다.

쑤우…….

"아니다. 오히려 내가 미안… 윽!"

순간 태무악은 말을 하다가 답답한 신음을 토해냈다.

그는 두 눈을 한껏 부릅뜨고 입을 반쯤 벌린 상태였지만 말이 흘러나오진 않았다.

사도옥이 순식간에 능숙한 손놀림으로 그의 아혈과 마혈을 제압해 버렸기 때문이다.

태무악은 오행신체이기 때문에 선천적으로 이혈(移穴)과 폐혈(閉穴), 즉 혈도를 옮기고 닫는 능력을 지니고 있었다.

그래서 그는 즉시 제압된 아혈과 마혈을 풀려고 시도했으나 어찌 된 일인지 뜻대로 되지 않았다.

이유는 하나. 백회혈에 깊숙이 은침이 꽂혔기 때문이다.

그 상태가 되면 꼼짝도 할 수 없다는 사실을 그조차도 당하고 나서야 비로소 알게 되었다.

"미안해요. 오라버니… 소녀가 살기 위해서는 이렇게 할 수밖에 없어요."

사도옥은 얼굴을 들고 하염없이 눈물을 흘렸다. 그녀의 눈물이 태무악의 얼굴로 뚝뚝 떨어졌다.

태무악이 할 수 있는 일은 무서운 표정으로 사도옥을 쏘아보는 것뿐이었다.

그러나 그는 잠시 후에 그마저도 그만두고 무심한 얼굴로 되돌아갔다.

사도옥이 살기 위해서 그를 제압했다고 하지만, 무엇을 어떻게 할지는 짐작조차 하지 못하고 있었다.

사도옥은 계속해서 눈물을 흘리며 자신의 행동에 대해서 사죄했다.

하지만 태무악은 그녀의 얼굴을 보지 않으려고 질끈 눈을 감아버렸다.

사도옥은 말을 멈추고 태무악의 몸 위에 엎드린 채 한동안 가만히 있었다.

그녀의 심장이 미친 듯이 빠르게 두근거리고 호흡과 맥박도 점점 빨라지고 있는 것을 태무악은 생생하게 느꼈다.

이윽고 사도옥이 움직이기 시작했다. 그녀는 엎드린 자세에서 태무악의 다리 쪽으로 미끄러져 갔다.

그러더니 그의 바지를 벗기기 시작했다.

태무악은 움찔 놀라 번쩍 눈을 떴다. 하지만 그것뿐 그가 할 수 있는 일은 아무것도 없었다.

바지를 벗기는 사도옥의 두 손이 덜덜 마구 떨렸고, 흐르는 눈물 때문에 앞이 보이지 않았다.

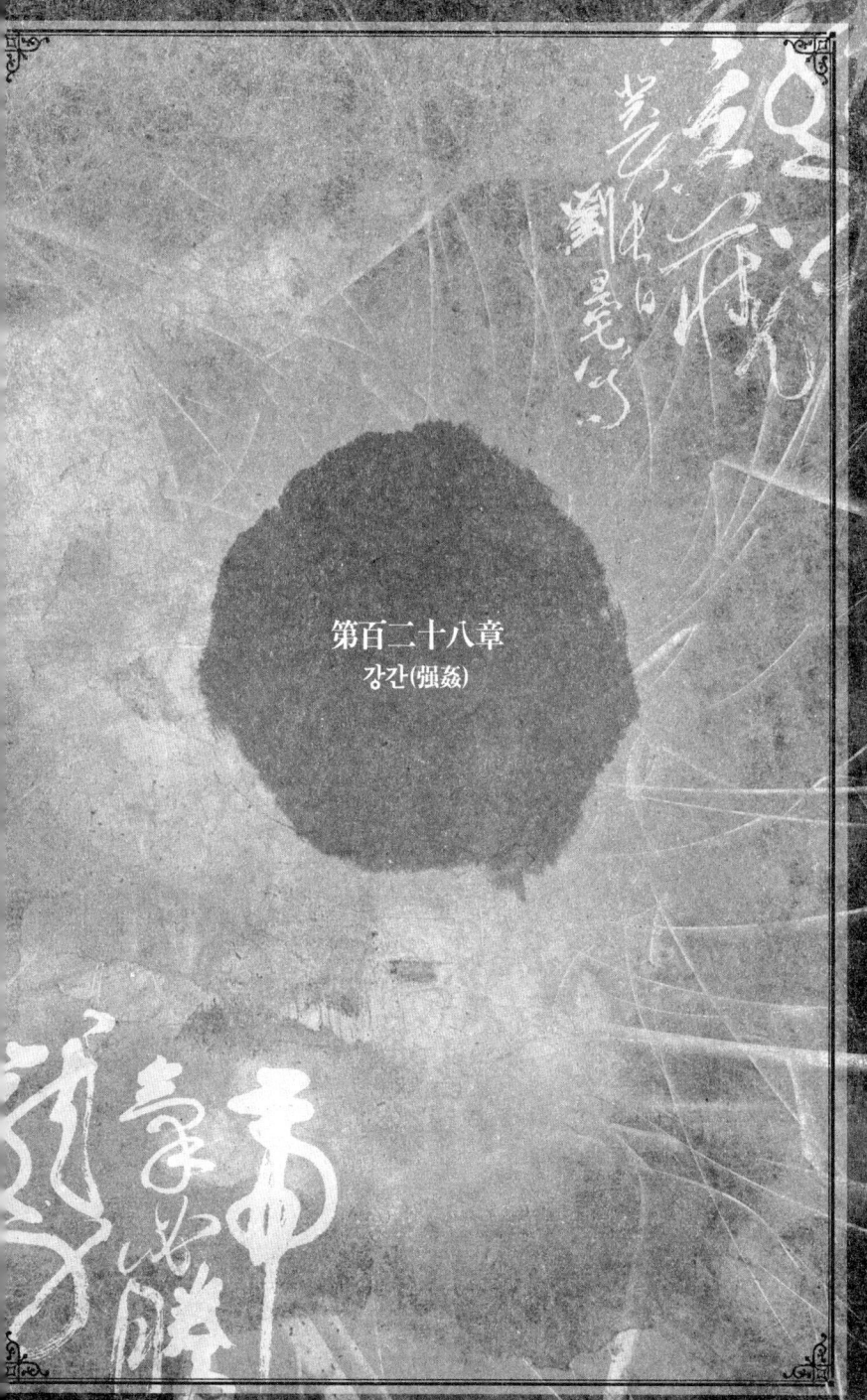

第百二十八章
강간(强姦)

대무신
大武神

 태무악은 자신의 아랫도리가 벌거벗겨진 후에야 사도옥의 의도를 짐작할 수 있었다.

 그는 사도옥이 자신과 정사를 하려는 것이라고 추측했다. 하지만 그녀가 무엇 때문에 그러는 것인지는 짐작조차 할 수 없었다.

 그는 분노와 수치심 등 복잡한 심정으로 가슴이 터질 것 같았으나 거친 콧김만 씨근거릴 뿐 여전히 손가락 하나 까딱하지 못하는 신세였다.

 사도옥은 태무악의 바지에 이어서 속곳마저 벗기고 무릎에 걸려 있던 자신의 바지와 속곳도 벗어버렸다.

그러나 그녀는 태무악의 음경을 쳐다보지 못하고 고개를 푹 숙이고 있을 뿐이다.

'이래서는 안 돼. 어차피 결심한 일이잖아? 악 오라버니를 다치게 하는 것도 아닌데 망설일 필요 없어.'

그녀는 지그시 입술을 깨물면서 고개를 들었다. 그러자 눈길이 이끌리듯이 태무악의 음경으로 향했다.

마음을 굳게 먹었는데도 음경을 보는 순간 사도옥은 화들짝 놀라 얼굴이 홍시처럼 발갛게 달아오르고, 눈은 자연스럽게 내리깔아졌다.

'사도옥아. 이것은 너의 생사가 걸린 일이야……!'

그녀는 다시 한 번 마음을 다잡고 용기를 내서 태무악의 음경을 똑바로 쳐다보았다.

그것은 사람의 몸의 일부 같지 않고 마치 괴이한 생명체처럼 흉측한 모습이었다.

저것을 자신의 옥문 안에 삽입을 해야 한다는 생각을 하자 소름이 쫙 끼쳤다.

'하지만… 나는 악 오라버니를 사랑하고 있잖아? 그러니까 괜찮아.'

그녀는 스스로를 위로하면서 입술을 꼭 깨물고 태무악의 몸 위로 올라가 음경 위에 걸터앉았다.

평소에 그녀의 할아버지, 즉 천존은 그녀가 오행신체를 만나게 되었을 때 어떻게 행동해야 한다는 것을 자세하게 가르쳐 주었었다.

그러나 남녀가 어떻게 정사를 해야 하는지에 대해서는 어린 손녀에게 구체적으로 설명하지 못했다.

그가 설명한 것은 음경을 옥문에 삽입한 후에 어떤 구결을 외워야 하며, 오행신체가 사정을 하는 순간에는 어떻게 해야 한다는 등에 대한 구체적인 이야기였다.

"아……."

잠시가 지났을 때 사도옥은 안타까운 한숨을 토해냈다. 음경을 도저히 옥문에 삽입할 수가 없었기 때문이다.

정사에 대해서 아무것도 모르는 그녀인지라 남자의 성기가 발기하지 않으면 삽입할 수 없다는 사실을 까맣게 모르고 있는 것이다.

더구나 그녀의 옥문은 음경은커녕 어떤 물체도 삽입해 본 적이 없는 상태가 아닌가.

'어떻게 하면 좋아……?'

그녀는 어떻게든 삽입을 시키려고 음경을 붙잡고 애를 썼지만 뜻대로 되지 않자 착잡한 표정을 지었다.

"……!"

그런데 그때 놀라운 일이 일어났다. 음경이 조금 커지는 것 같은 느낌이 든 것이다.

 몸이 완벽하게 제압된 상태의 태무악은 그저 한 명의 단순한 남자일 뿐이다.

 그러므로 사도옥이 자신의 음경을 잡고 씨름을 하며 옥문에 비벼대자 자신의 뜻과는 상관없이 몸이 반응을 하고 있는 것이었다.

 사도옥은 너무 놀라서 삽입을 해야 한다는 사실도 잊은 채 점점 커지고 있는 음경을 쳐다보았다.

 그리고는 새로운 공포에 사로잡히고 말았다.

 '아… 이렇게 큰 것을……'

 밤이 깊어가고 있다.

 사도옥은 결심에 결심을 거듭하며 삽입을 시도하면서 이미 반 시진을 보내고 있는 중이었다.

 그러다가 어느 한순간 그녀의 입에서 날카로운 비명이 터져나왔다.

 "아악!"

 몸의 한가운데를 아래에서 위로 날카로운 창에 깊숙이 찔린 듯한 고통이 엄습하자 자신도 모르게 처절한 비명을 지른 것이다.

 하지만 그녀가 몸 주위에 호신막을 쳐두었기 때문에 비명은 밖으로 새어나가지 못했다.

창이 몸속으로 겨우 손가락 한 마디쯤 찌르고 들어온 상태에서 그녀는 몸이 뻣뻣하게 굳은 채 허리를 곧추세우고 상체를 편 채 가만히 있었다. 숨을 쉬지도 않았다.

조금이라도 움직이기만 하면 창이 더 깊이 찌르고 들어올 것만 같았고, 그것이 동반하는 고통을 견딜 수 없을 것 같아서 최대한 움직이지 않으려고 애를 썼다.

그러나 그녀의 체중 때문에 날카로운 창날은 서서히 그리고 더욱 깊숙이 그녀의 몸속으로 파고들었다.

"아아……."

원래 커다란 그녀의 두 눈이 화등잔처럼 더욱 커졌고 조그만 입은 주먹이라도 들어갈 정도로 벌어졌다.

마침내 무지막지하게 미끄러져 들어오던 창날이 움직임을 멈추었다.

창끝이 벽에 닿은 것이다. 그런데도 그녀는 꼼짝도 하지 못하고 숨도 쉬지 않았다.

그렇게 얼마나 시간이 흘렀을까.

"하아……."

고통의 마지막 여운마저 사라지자 마침내 그녀는 긴 숨을 토해내면서 조심스럽게 곧추세웠던 허리의 힘을 뺐다.

"악!"

그러나 그 순간 자세가 바뀌면서 잠시 사라졌던 고통이 다시 확 엄습하자 그녀는 그대로 태무악 위에 엎어졌다.

두 몸이 결합된 자세에서 그녀의 얼굴은 태무악의 가슴에 이르렀다.

그녀는 몸을 바들바들 떨면서 그대로 한동안 가만히 있다가 이윽고 뺨을 그의 가슴에 붙인 채 가늘게 떨리는 목소리로 속삭였다.

"악 오라버니, 어… 떻게 좀 해봐요."

그리고는 금세 태무악이 제압된 상태라는 사실을 깨닫고 그 와중에도 실소가 났다.

고통보다도 더 난감한 문제가 생겼다. 이제부터 어떻게 해야 하는지 조금도 알지 못한다는 사실이었다.

그저 결합을 한 상태에서 이렇게 가만히 있으면 되는 것인지, 아니면 달리 어떤 특별한 동작을 취해야 하는 것인지 알 수가 없었다.

시간이 속절없이 흘러가는데도 그녀는 속수무책 그대로 가만히 있었다.

얼마나 지났을까. 그녀는 고통이 완전히 사라졌다는 사실을 깨달았다.

그리고 아주 미묘한 느낌이 가슴 저 밑바닥, 아니, 옥문에서부터 새록새록 솟구쳐 올라 가슴과 머리를 가득 채우는 것을 느꼈다.

그것은 두 가지였다.

하나는 상상조차 하기 싫은 지독한 고통이 어떤 둔중하면서도 야릇한 느낌으로 변했다는 사실이었다.

그것은 마치 상처가 아물 때 몹시 가려워서 긁으면 시원하기도 하고, 상처의 딱지가 떼어져서 피가 나며 아프기도 한 그런 모순된 느낌이었다.

또 하나는, 그녀 자신과 태무악이 몸으로만이 아니라 정신이나 마음으로도 연결된 듯한 느낌이었다.

이런 일이 있기 전에 그녀는 태무악을 동경하고 사랑했었으나 그것은 그저 막연한 느낌이었다.

태무악이 그런 것처럼, 그녀 역시 막내 여동생이 큰오빠에게 갖는 느낌에 다름 아니었다.

하지만 지금은 달라졌다. 예전하고 달라진 것이라고는 그의 음경이 그녀의 옥문 속으로 깊이 삽입되었다는 사실 하나뿐인데, 지금은 태무악이 큰오빠 같다는 생각은 조금도 들지 않았다.

지금의 그녀에게 있어서 태무악은 그저 한 명의 사내일 따름이다.

'이런 것이 사랑인가 봐…….'

몸의 변화가 가져다준 마음의 변화에 그녀는 내심 신기함을 감추지 못했다.

그녀는 가만히 얼굴을 들어 태무악을 바라보았다.

그는 두 눈을 꾹 감은 채 돌덩이처럼 굳은 표정을 짓고 있었지만, 그녀의 눈에는 더없이 사랑스럽게만 보였다.

보이지 않는 질긴 끈이 두 사람을 영원히 떨어지지 않게 연결했다는 확신이 생겼다.

그러자 다시 새로운 변화가 그녀의 몸과 마음에서 꿈틀거리기 시작했다.

조금 전의 두 가지 변화, 즉 고통이 야릇한 느낌으로 변한 것과 큰오빠가 한 명의 사내로 느껴지게 된 것이 합쳐지면서 그녀의 몸과 마음속에 깊이 잠들어 있던 그 무엇인가를 일깨웠다.

그것은 바로 그녀의 여성(女性)이다.

이 순간에 어린 소녀 사도옥은 한 명의 어엿한 여성으로의 변화를 꾀하고 있는 것이다.

뭉클!

순간 그녀의 가슴에서 어떤 활화산 같은 기운이 솟구쳤다. 생경하지만 야릇한 기분이었다.

태무악이 한없이 사랑스럽다는 느낌이 가장 먼저고, 그의 여자가 되고 싶다는 열망이 두 번째였다.

그리고 그것은 그녀의, 아니, 인간의 본능으로 이어졌다.

"아아… 악 오라버니… 사랑해요……."

그녀는 주체할 수 없는 열정에 자신도 모르게 흐느끼듯 속삭이며 두 팔로 태무악의 상체를 꽉 끌어안고 자신도 모르게 몸을 움직이기 시작했다.

삽입까지의 동작이 단지 목적에 의한 행위였다면, 지금부터의 동작은 오로지 사랑을 얻기 위한, 사랑에 의한 본능적인 행위인 것이다.

"아아……."

그때부터 꽤 오랫동안 사도옥의 입에서 고통 같기도 하고 희열 같기도 한 신음이 흘러나왔다.

태무악은 정신을 차리자마자 번쩍 눈을 떴다.

제일 먼저 창을 통해서 눈부신 햇살이 쏟아져 들어오는 것이 보였다.

그의 머릿속으로 어젯밤에 벌어졌던 악몽과도 같은 일련의 사건이 빠르게 떠올랐다.

순간 그의 얼굴이 보기 싫게 와락 일그러졌다.

"빌어먹을……."

자신의 의도하고는 조금도 상관없이 사도옥의 몸속으로 힘차게 사정을 했던 기억이 떠오른 것이다.

그리고 나서 얼마 후에 정신을 잃었다. 사도옥이 혼혈을 짚었던 모양이다.

그는 벌떡 일어나 재빨리 주위를 둘러보았다. 밝은 아침을 맞은 실내는 뽀얀 햇살이 가득했으며, 그 혼자 침상에 덩그렇게 앉아 있었다.

지금 그는 벌거벗은 몸이었다. 사도옥은 처음에 그의 바지와 속곳만 벗겼으나 나중에는 흥분하여 그를 알몸으로 만들었고, 그녀 자신도 알몸이 되었다.

그는 착잡한 심정으로 자신의 아랫도리를 굽어보았다. 붉은 피와 희끗희끗한 점액질이 말라붙어 보기 흉한 모습의 음경이 거기에 있었다.

바닥의 요에도 피가 홍건했다. 사도옥이 순결의 증표로 쏟아낸 것이다.

그녀는 목적을 달성한 후 태무악의 혼혈을 짚어 아침이 되면 깨어나게 만들었다. 혼혈뿐 아니라 마혈과 아혈도 자동적으로 해혈됐다.

태무악은 착잡한 기분을 털어내지 못하고 한동안 그대로 앉아 있었다.

지금 사도옥을 찾아본들 소용이 없을 것이다. 아침에 떠난다고 했으니 반천성에서는 그림자도 찾지 못할 터였다.

지금도 태무악은 그녀가 왜 그렇게까지 해서 자신과 정사를 벌여야만 했는지 이유를 알지 못했다.

단지 그녀의 구음절맥하고 연관이 있을 것이라고만 막연하게 추측할 뿐이다.

착잡한 기분이 씁쓸하게 변했다. 어린 계집에게 겁탈을 당했다는 사실 때문이다.

산악을 허물고 바다를 뒤집을 만한 능력의 소유자인 그가 열다섯 살 먹은 조그만 계집아이에게 손가락 하나 까딱하지 못하고 겁탈을 당했으니, 수치스러워서 이 일을 누구에게 입도 벙긋할 수 없을 터였다.

문득 사도옥의 마지막 모습이 선연히 떠올랐다.

태무악이 사정을 하고 나자 땀에 흠뻑 젖고 얼굴이 발갛게 상기된 사도옥이 그에게 긴 입맞춤을 하면서 뜨거운 목소리로 속삭였다.

"사랑해요. 꼭 당신 곁으로 돌아올게요."

만약 그녀가 돌아오면 바지를 벗기고 궁둥이를 실컷 때려줘야겠다고 그는 생각했다.

남녀의 정과 마음이란 실로 묘해서 일방적으로 겁탈을 당했고, 또 아직 어린 막내 여동생 같은 사도옥이었지만, 일단 관계를 맺고 나니까 미움이 스르르 사라지고 그녀가 어느 정도는 여자로 여겨지기도 했다.

"미친……."

그는 자신의 그런 생각에 어이없다는 표정을 지으며 가부좌의 자세를 잡았다. 운공조식이라도 해서 우중충한 기분을 떨쳐 내려는 것이다.

그런데 어떻게 된 일인지 단전에서 공력이 전혀 일으켜지지 않았다.

그는 어이없다는 표정을 짓고 있다가 혹시나 하는 생각에 자신의 정수리를 더듬어보았다.

손가락 끝에 걸리는 몹시 조그만 물체가 있었다. 사도옥이 그의 백회혈에 꽂았던 침의 대가리였다.

그는 침을 천천히 조심스럽게 뽑았다. 그것은 길이가 거의 반 뼘에 이르는 매우 길고 가느다란 은침이었다.

그는 은침을 묵묵히 바라보았다. 끊임없이 미안하다고 사죄하면서 흐느껴 울던 사도옥의 모습이 떠올랐다.

'왜 그랬을까?'

그는 해답없는 자문을 하고는 고개를 갸웃거리다가 사도옥의 다른 얼굴을 떠올렸다.

그것은 사죄하던 모습하고는 딴판의 얼굴이었다. 동공이 풀어지고 벌어진 입술 사이로는 끊임없이 뜨거운 입김과 숨결, 쾌락의 신음이 쏟아지고, 붉게 상기된 얼굴로 연신 '사랑해요' 라고 외치던 모습이었다.

귀엽기만 하던 어린 소녀의 어디에 그런 요부 같은 모습이 감추어져 있었는지 모를 일이었다. 아니면 여자란 원래 그런 것일까?

그는 사사망념(邪思妄念)을 떨쳐 버리려고 한차례 고개를 가로젓고는 다시 운공조식을 시작했다.

"……!"

그런데 이번에도 역시 단전에서 공력이 모아지지 않았다. 공력이 모여야만 운공조식을 시작할 수 있는데 아예 첫 단계부터 실행되지 않는 것이다.

조금 전에 공력이 모이지 않았을 때하고는 달리 이번에는 왠지 모를 불길함이 태무악을 엄습했다.

혼혈과 마혈, 아혈이 풀렸으며 백회혈에 꽂혀 있던 은침도 제거했다.

그런데도 운공조식이 되지 않는다는 것은 원인을 알지 못한다는 뜻이었다.

원인을 알 수 있을 때에는 불안하면서도 안심이 되지만, 원인을 모를 때에는 불안만이 몰려드는 법이다.

태무악은 그 자세로 꼼짝도 하지 않고 원인을 찾아내기 위해서 곰곰이 생각에 잠겼다.

사르…….

그때 방문이 조심스럽게 열리면서 우란이 얼굴을 방문 안으로 살짝 디밀었다.

'악!'

그러다가 침상 위에 벌거벗은 채 가부좌로 앉아 있는 태무악을 발견하고는 너무 놀라서 하마터면 입 밖으로 비명을 터뜨릴 뻔했다.

그녀는 얼굴을 문 밖으로 빼내고 살며시 방문을 닫으려다가 뚝 멈추었다.

방금 본 태무악의 얼굴에 몹시 착잡한 표정이 떠올라 있었던 것을 기억해 낸 것이다.

그녀는 닫으려던 방문을 다시 살며시 열고 태무악의 얼굴을 바라보았다.

그녀의 기억은 틀렸다. 태무악은 그녀가 생각하고 있던 것보다 더 참담한 표정을 짓고 있었다.

그녀는 태무악의 저런 표정을 처음 보았다. 그래서 자신이 뭔가 그를 도울 수 있지 않을까 하는 생각에 등 뒤로 방문을 닫고 조심조심 그에게 다가갔다.

그런데도 그는 생각에 골몰해서인지 그녀가 다가가는 것을 전혀 알아차리지 못하는 듯했다.

우란은 태무악의 벌거벗은 몸을 지난번에 부상을 치료할 때 질리도록 자세히 살펴보았었다.

그때 그곳에 있던 여자들 모두는 태무악의 알몸에 정신이 팔려 있어서 서로를 흉볼 입장이 아니었다.

그런데도 우란은 태무악의 벗은 몸을 다시 보게 되자 입 안이 바짝 마르고 입에서 단내가 흘러나왔으며, 심장이 미친 듯이 쿵쾅거려서 그 소리가 혹시 태무악에게 들리지나 않을까 조바심이 날 정도였다.

그런데 침상 가에 가까이 다가간 그녀의 얼굴에 놀라움이 떠올랐다.

태무악의 음경에 피와 점액질이 말라붙어 있었고 침상 바닥에도 시뻘건 피가 흠뻑 젖어 있는 것을 발견한 것이다.

아직 남자 경험이 없는 순결한 몸인 우란이지만 눈앞의 광경이 무엇을 나타내는지 정도는 보는 즉시 짐작할 수가 있었다.

지난밤에 어떤 여자가 태무악과 정사를 했으며 그녀는 숫처녀였다는 사실이었다.

그녀의 머리에 가장 먼저 반사적으로 떠오른 생각은 누가 태무악과 지난밤에 육체관계를 맺었느냐는 의문이다.

'누구지?'

그녀는 밤새 지하의 연공실에서 무공 연마를 하다가 올라왔기 때문에 청은각에서 벌어지는 일에 대해서는 아무것도 모르는 상태였다.

그러나 태무악이 정사를 한 여자가 주령이 아닌 것만은 분명했다.

그녀가 반천성에 왔다면 우란이 모를 리가 없고, 또 그녀는 이미 태무악과 관계를 맺었으므로 처녀지신이 아니다.

고개를 갸웃거리면서 아무리 생각을 해봐도 그럴 만한 여자가 선뜻 떠오르지 않았다.

그러면서도 우란은 이 상황에 대해서 조금도 질투 같은 것을 느끼지 않았다.

한 여자로서 태무악을 사랑하고, 수하로서 목숨을 바쳐 충성을 하지만, 이상하게도 질투는 느껴지지 않았다. 아마도 그녀와 태무악 간의 특수한 '관계' 때문일 것이다.

그녀는 침상 가에 반 각 이상 서 있었으나 태무악은 여전히 그녀의 존재를 모르는 듯 깊은 생각에 잠긴 채 수시로 표정이 변하고 있었다.

결국 그녀는 태무악의 상념을 깨고 이 상황이 어떻게 된 것인지 알아야겠다고 생각했다.

"오라버니."

조용한 목소리에 태무악은 일그러진 얼굴로 천천히 그녀를 쳐다보았다.

옆모습을 봤을 때보다 더 심하게 일그러진 그의 모습에 우란은 적잖이 놀랐다.

"무슨 일이에요?"

그러나 태무악은 다시 고개를 돌리고 입을 꾹 다물었다. 하지만 벌거벗은 몸을 가리지는 않았다.

"저 예아와 교대하러 자금성으로 가요."

우란이 말했으나 태무악은 아무런 반응을 보이지 않았다. 그렇지만 그녀는 이대로 나갈 수가 없었다.

주령을 호위하고 있는 단예와 교대하러 가는 것을 태무악에게 보고하러 왔다가 이제 그 일은 뒷전이 돼버렸다.

태무악이 평소와는 크게 다른 모습을 봤는데 어떻게 발길이 돌려지겠는가.

"란아."

그때 태무악이 처음으로 입을 열었다. 목소리 역시 평소와는 달리 힘이 없고 착잡했다.

"네. 말씀하세요."

우란은 태무악 옆에 그를 마주 보는 자세로 걸터앉았다.

슥―

"진맥을 해봐라."

태무악이 느릿하게 한쪽 팔을 내밀었다.

"제가 무슨 진맥을……."

의술에 대해서는 아무것도 모르는 그녀인지라 그렇게 말을 하면서도 손은 어느새 태무악의 손목을 잡고 있었다.

"오라버니……."

잠시 그의 맥을 짚고 있던 우란은 적이 놀라 중얼거리고는 정신을 바짝 차리고 재차 맥을 짚었다.

그러나 처음에 짚었던 것과 다르지 않은 결과가 나오자 그녀의 안색이 창백하게 질렸다.

"어… 째서 오라버니 체내에 공력이 한 움큼도 남아 있지 않은 건가요?"

의술에 문외한이라고는 해도 체내에 공력이 있는지 없는지 정도는 알 수 있는 우란이다.

일그러졌던 태무악의 얼굴이 그녀의 말에 허옇게 떴다.

"혈도가 제압된 것이 아니고 공력이 없다고……?"

기실 그는 자신이 모르는 사이에 사도옥이 마혈과 아혈이 아닌 다른 혈도를 제압했기 때문에 운공조식이 되지 않을 것이라고 추측했었다.

그런데 공력이 한 움큼도 남아 있지 않다니, 말도 되지 않는 일이었다.

그때까지만 해도 그는 우란이 진맥을 잘못한 것이라고만 생각했다.

태무악의 마음을 읽은 우란이 몸을 일으켰다.

"제가 가서 하 아주머니를 데려올게요."

"아니다. 그만둬라."

우란이 방문으로 걸어가려고 하자 태무악이 급히 상체를 돌리며 제지하려다가 풀썩 침상에 엎어졌다.

"오라버니!"

우란은 크게 놀라 다급히 그를 부축했다.

"이게… 어떻게……."

태무악은 상체를 우란의 품에 안긴 채 넋 나간 얼굴로 중얼거렸다.

공력이 한 움큼도 모아지지 않는 것뿐만이 아니라 몸에 힘이 하나도 없었다.

오죽하면 급히 상체를 돌리는 평범한 동작을 주체하지 못하고 엎어졌겠는가.

태무악보다 더 놀란 사람은 우란이었다. 그녀는 방금 자신이 본 광경을 믿을 수 없다는 얼굴이다.

"오라버니, 도대체 무슨 일이 있었던 거죠? 어째서 오라버니의 공력이 하나도 남아 있지 않고… 왜 병자처럼 힘을 못 쓰는 것인가요?"

"비켜라. 일어나겠다."

태무악이 침상 아래로 내려서려는 자세를 취하자 우란은 말리지 않고 그를 놓아주는 대신 옆에 바짝 붙어서 만약의 사태에 대비했다.

"흑……!"

그러나 태무악은 바닥에 발을 대고 힘을 주는 순간 그대로 앞으로 고꾸라졌다.

만약 우란이 즉시 잡지 않았으면 얼굴을 바닥에 짓뭉개고 말았을 것이다.

"안 되겠어요. 누워 계세요."

우란이 침상으로 이끌었으나 태무악은 자신에게 일어나고 있는 일을 믿을 수 없다는 표정으로 완강하게 그녀를 뿌리쳤다.

"놔라."

이어서 혼자 힘으로 걸으려고 다시 시도했으나 두 걸음을 채 걷지 못하고 쓰러졌다.

결국 그는 우란에 의해서 침상에 눕혀졌다.

"오라버니, 대체 무슨 일이 있었는지 제게 말씀해 보세요."

우란은 더없이 참담한 표정을 지은 채 천장만 뚫어지게 주시하고 있는 태무악의 옆에 걸터앉아 단호한 얼굴을 하며 물었다.

태무악은 한참을 더 그 모습으로 있더니 이윽고 지난밤에 사도옥이 자신에게 행한 일을 중얼거리듯이 설명했다.

"그년이 감히!"

설명을 듣고 난 우란은 분을 이기지 못하고 주먹을 움켜쥐고 허공에 휘둘렀다.

그러게 평소에 오라버니가 천존의 손녀인 그 어린년에게 그처럼 지나치게 잘 대해주는 것이 아니었다고, 우란이 한마디 하려다가 이제 와서 무슨 소용이 있겠는가 싶어서 그만두었다.

"틀림없어요. 그년이 오라버니의 공력을 모조리 흡수해 버린 거예요."

우란은 못을 박듯이 단정했다.

"오라버니가 손을 대니까 다 죽어가던 그년이 기적처럼 소생했었잖아요. 그걸 보면 오라버니의 오행신체가 그년의 구음절맥에 무슨 큰 영향을 미치는 것이 분명해요."

태무악은 묵묵히 듣고만 있었다. 우란의 말을 듣고 보니 그렇게밖에는 생각할 수가 없을 듯했다.

"어쩌면 그년은 처음부터 오라버니가 오행신체라는 사실을 알고서 계획적으로 접근했을지도 몰라요. 천존이 오라버니를 찾아내지 못하니까 손녀를 직접 강호에 내보내서 오라버니를 찾아 접근하라고 지시했을 거예요."

우란은 말을 할수록 점점 흥분하여 목소리가 높아졌다.

"천존이 오라버니를 잡아들이려고 두 차례나 대천색령을 발동하고, 그 난리를 피웠던 이유가 자신의 손녀인 그년의 구음절맥을 치료하기 위해서가 아니었을까요?"

"내가 옥이를 치료할 수 있다는 말이냐?"

"옥이는 무슨! 그 죽일 년이라고 해요!"

우란은 아무 일 없었다는 듯이 사도옥의 이름을 부르는 태무악의 무덤덤함이 못마땅해서 빽 소리쳤다.

"오행신체가 구음절맥을 완치시킬 수 있는 것이 분명하다니까요? 아직도 모르겠어요?"

총명함이라면 타의 추종을 불허하는 태무악이 지금은 먹통이 됐다. 오죽하면 우란이 그를 가르치려고 들겠는가.

"그런가? 그렇다면 어째서 나를······."

우란은 그가 사도옥이 자신을 강간한 것에 대해서 말하려 한다고 생각했다.

"상세한 것은 알 수 없으나, 정사를 통해서 오라버니의 공력을 흡수해야지만 구음절맥이 완치되는 것이 아닐까요? 강호에서는 정사를 통해서 채음(採陰)이나 채양(採陽)을 하는 경우가 비일비재하잖아요."

지금으로선 그렇게밖에 이해할 수가 없는 상황이다.

"그년은 지금 어디에 있지요?"

"깨어나 보니까 보이지 않았다."

우란이 당장에라도 요절을 낼 듯이 묻자 태무악은 착잡하게 대답했다.

"이 일을 대체 어떻게 했으면 좋겠어요?"

"모르겠다. 나도······."

우란이 묻자 태무악은 착잡하게 고개를 가로저었다. 그는 공력만 사라진 것이 아니라 평소의 총명함과 강한 의지 같은 것도 한꺼번에 사라져 버린 것 같았다.

우란은 일단 따뜻한 물을 떠와서 태무악의 피와 분비물로

범벅이 된 음경과 하체를 깨끗하게 닦아주었다.

그런 상태로 계속 놔둘 수 없는데다 그에겐 자신의 몸을 닦을 힘조차도 없는 듯했기 때문이다.

그의 음경을 손으로 만지면서 깨끗이 닦아주는 동안 우란은 사도옥이 더욱 증오스러웠다.

그녀의 영원한 우상인 태무악을 강간했다는 사실이, 그의 음경을 마음껏 다루었다는 생각이 사도옥을 찢어 죽이고 싶도록 만든 것이다.

그녀는 사도옥의 앵혈로 더럽혀진 침상의 이불도 새것으로 갈고, 태무악에게도 새 옷을 입힌 후에 침상에 조심스럽게 눕히고 이불을 목까지 덮어주었다. 공력을 잃은 그가 추위를 타고 있기 때문이다.

"이 일은 아무에게도 말하지 마라. 그리고 지금 곧 호개를 불러와라."

눈을 꼭 감고 있어서 잠이 들었다고 여긴 태무악이 입속으로 중얼거리는 듯 불분명한 어조로 말했다.

우란은 태무악이 그렇게 말하지 않아도 이 일을 아무에게도 말하지 않을 생각이었다.

천하의 신풍혈수가 무공을 잃었다는 사실이 알려진다면 무슨 일이 벌어질지 예측조차 하기 어렵다.

그러나 좋은 일보다는 좋지 않은 일들이 훨씬 더 많이 벌어질 것은 자명했다.

조만간 천존이 북경성에 도착을 할 것이고, 전 무림과 천중신군의 전쟁이 코앞에 닥쳤는데, 당금 무림의 지도자나 다름이 없는 태무악이 이 지경이 됐으니 우란은 눈앞이 캄캄해지는 절망감을 느꼈다.

하지만 절망감은 태무악 자신이 더 클 터였다. 현재의 그는 죽은 것보다도 못한 상태가 아닌가.

우란은 태무악에게 일어난 일을 자신만 알고 있다는 사실에 대해서 막중한 책임감을 느꼈다.

그리고 이 일을 자신만이 알고 있기 때문에 무슨 수를 써서라도 사도옥을 찾아서 태무악의 공력을 되찾아야겠다고 결심했다.

그녀는 한참 동안이나 말없이 눈을 감고 있는 태무악을 물끄러미 굽어보다가 조심스럽게 방을 나갔다.

第百二十九章
좌절(挫折)

대무신
大武神

 청은각 왼편 부속 전각 일층 내의 북쪽에 있는 이십여 개의 방은 반천고수가 아닌 다른 사람들이 사용하고 있다.
 바로 우란이 부주로 있는 반천사부의 특전수 열 명이다.
 원래 반천성 휘하 네 개의 부에 속한 사람들은 얼마 전에 완공된 제이 반천성에서 머물고 있지만, 이들 열 명의 반천사부, 즉 지옥부의 특전수들은 우란의 각별한 배려로 이곳 청은각 근처 부속 전각에서 기거하고 있었다.
 지금 꽤 넓은 실내엔 열 명의 특전수가 질서있게 도열해 있었고, 그들의 앞에 우란이 비장한 표정으로 마주 서서 명령을 내리고 있었다.

"너희들은 지금부터 삼 개 조로 나누어 너희와 너희 이 개 조가 청은각 주위를 물샐틈없이 경호한다."

이어서 우란은 앞쪽에 서 있는 한 명을 지목했다.

"방권, 너는 청은각 오층에서 성주의 신변 경호를 맡는다."

순간 방권은 움찔 놀란 표정을 지었다.

"저 혼자··· 말입니까?"

어지간해서는 입을 열지 않는 그가 말을 하는 것을 보니 꽤나 놀란 모양이다.

"그렇다. 절대로 성주의 시야에서 벗어나면 안 된다."

"알겠습니다."

원래 청은각을 경호하던 반천고수들은 전부 네 개 부의 주요 지위를 맡아 제이 반천성으로 이동한 상태였다.

또한 단가상의 수하인 난봉고수들은 장로가 된 그녀의 직속 휘하가 되어 역시 제이 반천성으로 이동했다.

그렇기 때문에 우란은 청은각이나 태무악을 경호하는 사람은 현재 아무도 없다고 판단하여 자신의 부원 중에 특전수 열 명을 이곳에 배치하려는 것이다.

만약 사군악과 백일낭, 조형구가 이끌고 있는 이십오 명의 무간자가 청은각 지하에 머물면서 상시 청은각과 태무악을 호위하고 있다는 사실을 알았더라면 우란은 이런 결정을 내리지 않았을 것이다.

 명령을 끝낸 우란은 특전수 이 개 조 여섯 명과 방권을 이끌고 전각 밖으로 나갔다.

 그녀는 특전수 여섯 명에게 청은각 주위 어디에 매복할 것인지를 일일이 가르쳐 주고는 방권을 데리고 청은각 오층으로 올라가서 그곳 사람들에게 방권이 성주의 호위무사라고 소개했다.

 이어서 방권을 그곳에 남겨두고 밖으로 나와 서둘러 삼풍호개를 데리러 갔다.

"우란이 자신의 수하들을 청은각 주변과 무악 곁에 배치했다고?"

 백일낭이 묻자 방금 보고했던 무간자, 즉 신풍고수가 고개를 끄덕였다.

"그래. 모두 일곱 명이더군."

 예전에는 무간자였고 지금은 신풍고수인 이십오 명은 사군악이나 백일낭, 조형구에게 반말을 한다.

 또 윗사람 아랫사람의 구분이 없었다. 사군악 등이 그런 것을 원하지 않았기 때문이다.

"쫓아낼까?"

 신풍무간대 이십오 명은 다섯 명씩 오 개 조로 편성되었고,

이 개 조씩 돌아가면서 청은각과 태무악 주위를 호위해 오고 있었다.

그 사실은 사군악과 백일낭, 조형구, 그리고 신풍고수들만 알고 있을 뿐이다.

사군악 등이 태무악에게 말하진 않았으나 그는 자신의 주위에 신풍고수들이 은둔하고 있다는 사실을 처음부터 감지하고 있었다.

"내버려 둬라."

백일낭 옆에서 듣고 있던 조형구가 고개를 끄덕이며 대신 대답했다.

"흥! 우란이 쓸데없는 일을 했군?"

"무악이 걱정되니까 그러는 게지. 괜찮아."

백일낭이 가볍게 코웃음치며 말하자 조형구가 사람 좋은 미소를 지으며 눙쳤다.

"그런데… 무악이 좀 이상하다."

보고를 하던 신풍고수, 즉 구신풍(九神風)이 무표정한 얼굴로 말했다.

이십오 명의 신풍고수는 아직 각자의 이름이 없다. 그래서 조형구가 그들에게 일(一)에서 이십오(二十五)까지 숫자를 붙여주었다.

그들은 백일낭 등뿐만 아니라 태무악에게도 반말을 했다.

그 역시 태무악은 아무렇지도 않게 생각한다. 자신과 그들이 다를 바 없다고 생각하기 때문이다.

아니, 어쩌면 그는 인간은 다 평등하다고 여기고 있는지도 모른다.

"뭐가 이상해?"

"무악이 공력을 잃었다고 하더라."

"뭐어? 무악이 공력을 잃어?"

"그게 무슨 소리야?"

구신풍의 말에 백일낭과 조형구는 똑같이 어이없다는 표정을 지었다.

"우란이 무악의 맥을 짚어보더니 공력이 한 움큼도 남지 않았다고 말했다."

백일낭과 조형구는 놀란 얼굴로 서로를 쳐다보았다. 어이없다는 표정이 크게 놀란 얼굴로 변했다.

이어서 구신풍은 조금 전에 자신이 들은 태무악과 우란의 대화 내용을 빠짐없이 설명해 주었다.

구신풍은 지난밤부터 아침까지 태무악을 측근에서 은신하여 호위하는 임무를 수행했었다.

그러나 지난밤에는 사도옥이 호신막을 치고 있었기 때문에 둘 사이에 무슨 일이 있었고, 무슨 대화가 오갔는지는 전혀 모른다.

좌절(挫折) 85

구신풍은 그들을 볼 수는 없지만 소리를 들을 수 있는 곳에 은신해 있었다.

다만 밤중에 사도옥이 태무악을 찾아왔었고 새벽에 떠났으며, 그 후에 그가 깨어나고 우란이 찾아온 상황부터는 정확하게 알고 있었다.

"사도옥 그년이……."

설명을 듣고 난 백일낭이 벌떡 일어나며 얼굴을 온통 살기로 물들이자 조형구가 따라 일어서며 손을 저었다.

"무슨 착오가 있는지도 모르는 일이다. 우리 눈으로 직접 확인하기 전에는 믿을 수 없다."

이어서 백일낭과 조형구는 청은각 오층으로 쏜살같이 달려갔다.

방권은 태무악의 방 근처에 얼씬도 하지 못하고 멀찍이에서 서성거리고 있었다.

그가 이곳 청은각 오층에 올라온 지 벌써 일각이 흘렀으나 평소의 그답지 않게 극도로 긴장하여 평정심을 찾지 못하고 있는 중이었다.

회명부의 총부주인 그가 방권이란 가짜 신분으로 반천무사가 된 것은 오로지 하나의 목표를 달성하기 위해서였다.

그것은 신풍혈수를 제압하여 납치하거나 그렇지 못할 경우에는 죽이는 것이다.

원래 백호사자가 그에게 내렸던 명령은 신풍혈수를 납치하는 것이었다.

그 이후 회명부 총단이 신풍혈수에 의해서 초토화되고, 얼마 전에는 이곳 반천성에서 남은 회명자들과 회명특살대 전원이 몰살을 당했다.

그때부터 총부주의 목적이 하나 더 추가되었다. 신풍혈수를 죽이는 것이다.

물론 백호사자의 명령이 우선이었다. 신풍혈수를 죽이는 것은 납치가 어렵다고 판단이 설 경우가 될 것이다.

그런데 그 기회가 너무 일찍 찾아왔다.

그는 어떻게 하면 신풍혈수 가까이에 접근할 수 있을 것인가 고민을 거듭했는데, 뜻하지 않게도 너무 빨리 그리고 의심이 들 정도로 순조롭게 신풍혈수의 지척 거리까지 접근하게 되었다.

그래서 지금 그는 갈등하고 있는 것이다. 여태까지 신풍혈수에게 접근할 방법만 궁리했지, 그를 어떻게 납치 혹은 죽일지에 대해서는 생각해 본 적이 없기 때문이다.

그것은 접근에 성공한 후에 가서 궁리해도 늦지 않다고 여겼던 것이다.

지금까지 경험한 바에 의하면 신풍혈수는 총부주 자신보다 최소한 두어 수준 이상 고강하다.

그러므로 완벽한 기회를 포착하지 않는 한 목적을 달성하는 것은 불가능하다.

신풍혈수 정도라면 아까 우란이 이곳 사람들에게 총부주를 소개하는 것을 이미 들었을 것이고, 일거수일투족을 훤하게 감지하고 있을 터였다.

그러므로 약간이라도 흥분하여 심장박동이나 호흡이 상승하는 것조차도 극도로 조심해야 한다.

지금 같은 상황에서 신풍혈수를 납치하거나 죽인다는 것은 거의 불가능에 가까웠다.

하지만 그보다 중요한 것은 총부주의 결심이 죽음을 불사할 정도로 단호하다는 사실이었다.

기다리다 보면 언젠가는 기회가 올 것이다. 이르면 오늘 당장일 수도 있고, 길면 몇 달 후가 될 수도 있다.

그러므로 지금 그가 할 일은 인내심을 갖고 기다리면서 빨리 이곳에 적응을 하는 것이었다.

마침내 그는 일각 동안이나 서성거리던 곳에서 신풍혈수의 방문 쪽으로 천천히 걸음을 옮겼다.

소위 성주의 호위무사라는 자가 한 군데에서만 서성거리는 것은 누가 보더라도 이상한 행동이다.

처음에는 느릿하던 걸음걸이가 대여섯 걸음을 옮기면서 규

칙적으로 변했다.

중요한 것은 자기 자신을 다스리는 것이다. 그것만 되면 나머지는 별문제가 아니다.

신풍혈수의 방이 가까워질수록 그는 점차 평소의 평정심을 되찾아가고 있었다.

방문 앞을 지나면서 그는 슬쩍 방문을 쳐다보았다. 굳게 닫혀 있었다.

마치 그의 목적이 결코 만만하지 않다는 사실을 보여주기라도 하듯 방문은 완강하게 닫힌 성문 같았다.

"……!"

그때 그는 누군가 여러 명이 계단을 올라오는 기척을 감지하고 즉시 걸음을 멈추었다.

기척으로 미루어 매우 빠르고도 다급하게 올라오고 있었는데, 계단을 밟는 소리나 옷자락이 펄럭이는 기척 따위는 일체 감지되지 않고 단지 미세한 호흡과 심장박동만 감지될 뿐이었다.

아마도 반천성의 인물들일 것이다. 이곳은 그들의 안방이나 다름이 없는 장소인데도 저토록 기척을 흘리지 않는다는 것은 초일류 급 이상의 인물들이라는 뜻이었다.

만약 그들이 기척을 내지 않기로 작정을 한다면 어쩌면 총부주 자신조차도 감지하지 못할 수도 있을 것이라는 생각이

들었다.

 그가 걸음을 멈추고 몸을 돌리는 순간 복도 끝에 네 명이 모습을 드러내는 것이 보였다.

 그들은 백일낭과 조형구, 구신풍과 무간낭자인 사신풍(四神風)인데, 그로서는 그들이 누군지 알지 못했다.

 원래 구신풍과 사신풍은 무간옥의 최종 시험에서 우수한 성적으로 통과하여 회명자가 될 상황이었다.

 만약 태무악이 무간옥을 이 땅위에서 영원히 사라지게 만들지 않았다면, 그리고 회명부를 총부주 한 명만 남긴 채 깡그리 몰살시키지 않았더라면 구신풍과 사신풍은 지금쯤 회명자가 되어 있었을 것이다.

 그랬더라면 그들 둘은 지금 자신들이 걸어가고 있는 앞쪽에 서 있는 자의 수하로서 태무악의 적이 되어 있었을 것이다.

 그렇게 운명이라는 것은 앞의 어떤 일 때문에 뒤의 많은 일들이 뒤바뀌게 되는 것이다.

 총부주는 복도를 나는 듯이 달려오고 있는 네 명이 태무악의 측근일 것이라고 판단했다.

 그렇더라도 그는 지금 자신의 직분에 충실해야 한다. 그래야만 신임도가 올라갈 테니까 말이다.

 "멈춰라."

 그는 다가오는 백일낭 등의 앞을 가로막으면서 당장에라도 출수할 듯한 자세를 취하며 나직이 호통을 쳤다.

"멍청이! 비켜라!"

앞장선 백일낭이 멈추지 않고 똑바로 총부주를 향해 부딪쳐 가면서 꾸짖었다.

반천성 내에서는 백일낭이나 조형구를 가로막을 사람이 아무도 없다.

그들과 조철악, 사군악 등은 거의 태무악과 동격의 신분이기 때문이다.

그런데도 하룻강아지 같은 자가 앞을 가로막자 그렇지 않아도 심란한 백일낭은 여차하면 일장을 발출할 기세였다.

총부주는 총부주대로 절대 물러설 수 없는 상황이었다. 상대가 신풍혈수의 측근일 것이라고 짐작은 하지만, 지금은 호위무사로서의 임무를 다할 때였다.

창!

그는 어깨의 한 자루 푸르스름한 검을 뽑는 것과 동시에 그대로 백일낭을 베어갔다.

깔끔하고 쾌속하며 멋들어진 솜씨다. 그러나 본실력의 삼할 정도만 발휘한 것이었다. 지금의 그는 어디까지나 반천사부의 특전수일 뿐이다.

"흥! 네놈이 죽고 싶은 게로구나!"

백일낭은 상대가 한 가닥 재주있는 놈이지만 자신에 비해서는 형편없는 하수라 판단하고 쏘아가는 속도를 조금도 늦추지 않은 상태에서 슬쩍 상체를 옆으로 기울여 총부주의 검을 피하며 번개같이 일권을 뻗어냈다.

큐웅!

상대가 반천성의 수하이기 때문에 죽이거나 중상을 입혀서는 안 되기에 권풍이 몸에 적중되기 전에 공력을 급히 감소시켰다.

자신을 알아보지 못한 죄를 물어 약간의 고통만 느끼게 하려는 것이다.

퍽!

"흑!"

총부주는 왼쪽 어깨에 일장을 적중당하고 뒤로 붕 날아가 바닥에 나뒹굴었다.

그는 자신이 당할 것을 예상했기에 미리 가슴에 호신막을 쳐서 피해를 극소화시켰다.

"우욱……!"

그는 일부러 입에서 피를 토하며 겨우 일어났다. 그러면서도 태무악의 방문 앞을 막아섰다. 누가 보더라도 결사적인 행동이다. 호위무사로서는 완벽했다.

"저놈이 끝까지!"

백일낭이 발끈해서 이번에는 어디 한 군데를 부러뜨리려고 손을 쳐들자 조형구가 재빨리 그녀의 앞으로 나서며 총부주에게 물었다.

"우란 부주가 성주의 호위무사로 임명한 것이 너냐?"

총부주는 입가에서 흐르는 피를 닦을 생각도 하지 않고 무뚝뚝하게 내뱉었다.

"그렇소."

"우리는 성주의 친구들이다. 나는 조형구이고 이 사람은 백일낭이라고 하지. 우린 성주를 만나러 왔으니까 들여보내도 괜찮다."

"당신들의 신분을 믿을 수 없소."

그런데도 총부주는 방문 앞에서 비키려 들지 않았다.

그때 맞은편 복도 끝에서 이십오 세가량의 여자 한 명이 백일낭 등을 발견하곤 놀라서 급히 달려왔다.

"나리들께서 어인 일이십니까?"

그녀는 청은각 오층의 숙주와 시녀들 삼십여 명을 총괄하는 우두머리 여시장(女侍長)이었다.

그녀가 백일낭과 조형구가 누구라는 것을 설명한 후에야 총부주는 방문 앞에서 비켜섰다.

하지만 그는 백일낭과 조형구가 자신을 책임감이 강한 호위무사로 봤을 것을 믿어 의심하지 않았다.

좌절(挫折) 93

실내에 들어선 백일낭과 조형구 등은 침상에 이불을 목까지 덮은 채 죽은 듯이 잠들어 있는 태무악을 발견하고는 그가 정말 공력을 잃은 것 같다는 불길한 생각이 들었다.

"무악아!"

백일낭이 침상으로 달려가면서 소리치자 조형구가 급히 만류했다.

이어서 구신풍과 사신풍에게 각각 방문 밖과 창문 쪽을 지키라고 손짓으로 지시한 후에 침상으로 다가가 조용히 태무악을 불렀다.

"무악."

그런데도 태무악은 깨어나지 않았다. 안색마저 해쓱해서 만약 호흡을 감지하지 않았다면 죽은 것으로 착각할 만한 모습이었다.

성질 급한 백일낭이 또다시 태무악을 흔들어 깨우면서 소리치려는 것을 조형구가 급히 만류했다.

이어서 이불 속에서 태무악의 한쪽 팔을 꺼내어 가만히 진맥을 해보았다.

백일낭은 초조한 표정으로 조형구를 지켜보았다. 그녀는 성격이 괴팍하고 다혈질인데다 평소에 조형구를 함부로 대하는 경향이 있었다.

그렇지만 막상 위급한 일이 생기거나 중요한 때에는 그의 말에 잘 따르는 편이었다.

그가 경험이 풍부하고 냉철하며 총명해서 매사에 그의 말대로 하면 낭패를 당하는 일이 별로 없다는 사실을 잘 알고 있기 때문이다.

그때 진맥을 하던 조형구가 크게 놀란 표정을 지었다.

"어때?"

조마조마하던 백일낭이 참지 못하고 급히 물었다.

조형구는 대답하지 않고 다시 한차례 진맥을 해보았다. 그런데도 그의 표정은 오히려 더 어두워졌다.

"구신풍의 말이 맞다. 무악은 체내에 공력이 한 움큼도 남아 있지 않다."

조형구는 태무악의 손목을 놓으면서 전음으로 착잡하게 설명해 주었다.

"정말이야?"

"분명하다."

백일낭이 사태의 심각성을 깨닫고 전음으로 묻자 조형구 역시 전음으로 대답했다. 그때부터 두 사람의 대화는 전음으로 이어졌다.

"빠드득! 그렇다면 사도옥 그년이 정말 무악에게서 공력을 흡수해 간 것이로군."

백일낭은 너무 화가 나서 어쩔 줄을 모른 채 바들바들 몸을 떨면서 이를 갈았다.

"정말 몸을 섞어서 공력을 흡수할 수 있는 거야?"

조형구는 착잡한 얼굴로 태무악을 보면서 고개를 끄덕였다.

"그래."

그는 그 말뿐 자세한 설명은 하지 않았다.

백일낭 역시 그런 설명을 듣고 싶은 생각은 없었다. 지금은 태무악의 공력이 사라졌다는 사실만이 가장 큰 충격이고 문제일 뿐이다.

"무악을 깨워보자."

감정을 주체하지 못하는 백일낭이 태무악에게 손을 뻗자 이번에도 조형구가 제지했다.

"놔둬."

백일낭은 안타까운 표정으로 태무악을 바라보았다.

"왜 저렇게 잠만 자고 있는 거야? 쟤는 우리가 온 것도 모르고 있는 거야?"

"그럴 거야."

"어떻게 그럴 수가 있는 거지?"

"공력이 한꺼번에 모조리 다 빠져나가니까 보통사람들보다 더 허약한 상태가 돼버린 것 같아."

조형구는 절정고수였다가 졸지에 공력을 깡그리 잃은 사람을 한 번도 본 적이 없다.

하지만 경험과 견식이 풍부하기 때문에 그런 경우 어떤 상태가 되는지는 잘 알고 있었다.

 구신풍이 태무악의 방문 앞에 버티고 서 있었기 때문에 총부주는 원래 자신이 서 있던 곳으로 되돌아갈 수밖에 없었다.

 그는 태무악의 방문에서 멀찌감치 떨어진 그곳에서 청력을 극한으로 돋우어 태무악의 방 안을 염탐했다.

 그러나 처음에 백일낭이 '무악'이라고 부르더니, 잠시 후에는 '어때?' 하는 목소리가 들려오고 나서는 아무런 소리도 들리지 않았다.

 그 두 마디 말로는 방 안에서 무슨 일이 벌어지고 있는지 짐작하기가 어려웠다.

 총부주는 답답했다. 백일낭과 조형구 등이 급하게 달려온 것이나 다급한 표정으로 미루어 무슨 일이 있는 듯한데 그게 무언지 알 수가 없었기 때문이다.

 문득 그는 우란이 왜 갑자기 자신들 특전수 열 명에게 청은각과 신풍혈수를 호위하라고 한 것인지 의문이 들었다.

 원래 특전수는 싸움이 벌어졌을 때 선두에 서라고 뽑은 것이 아닌가.

 '신풍혈수의 신변에 무슨 일이 생긴 것인가?'

 그래서 그런 생각까지 들었다.

총부주가 생각에 잠겨 있을 때 계단에서 또다시 누군가 올라오는 기척이 났다.

그들은 우란과 삼풍호개였다. 두 사람은 총부주 앞을 바람처럼 빠르게 스쳐 지나갔다. 하지만 우란은 총부주에게 눈길조차 주지 않았다.

그러나 총부주는 두 사람의 얼굴에 극도로 초조한 표정이 떠올라 있는 것을 놓치지 않았다.

그는 두 사람이 태무악의 방 안으로 들어가고 방문이 굳게 닫히고 나자 청력을 끌어올렸다.

하지만 그는 그때부터 오랫동안 아무 소리도 듣지 못했다.

실내에는 꽤 오랫동안 침묵이 흘렀다.

처음에 우란과 삼풍호개가 방에 들어선 후 한동안 전음을 주고받던 그들은 언젠가부터 입을 굳게 다물고 착잡한 표정으로 태무악만 물끄러미 주시하고 있었다.

"왜들 이래? 모두 벙어리가 된 거야?"

눈앞이 캄캄해져서 자신도 침묵을 지키고 있던 백일낭이 어느 순간 퍼뜩 정신을 차리고 우란과 삼풍호개, 조형구에게 날카로운 전음을 보냈다.

"이제 어떻게 할 건지 말을 해봐."

그녀의 물음에 아무도 이렇다 할 의견을 내놓지 못했다. 사안이 너무 엄청났기 때문이다.

조금 전에 이들은 우란의 입을 통해 태무악과 사도옥 사이에 일어난 일들을 자세히 들었다.

백일낭과 조형구는 구신풍에게 들은 보고를 다시 한 번 듣는 것이었다. 새로운 것은 없었다. 그만큼 두 사람의 설명은 거의 똑같았다.

백일낭이 속에서 천불이 이는 듯 답답해서 주먹으로 제 가슴을 쿵쿵 치고 있을 때, 우란이 침상에 걸터앉더니 손을 뻗어 태무악의 뺨을 어루만졌다.

그러자 태무악이 비로소 힘겹게 눈을 떴다. 창백하고 힘이 하나도 없어 보이는 그 모습은 중병을 앓고 있는 사람이나 다름이 없었다.

그를 지켜보는 네 사람, 아니, 창가에 서 있는 사신풍까지 다섯 사람은 태무악을 보면서 착잡한 표정을 금치 못했다.

태무악이 일어나려는 자세를 취하자 우란이 그를 조심스럽게 부축해서 일으켜 앉혔다.

모두들 그를 주시하면서 이 난관을 헤쳐 나갈 수 있는 뛰어난 명령을 내려주길 기대했다.

태무악은 네 사람을 한 명씩 일일이 묵묵히 바라보고 나서 마지막에 삼풍호개를 쳐다보았다.

"호개, 사도옥을 찾아라."

삼풍호개는 무슨 말인가 하려다가 말고 그저 고개만 무겁게 끄덕였다.

태무악은 이어서 조형구에게 지시했다.

"형구, 상아에게 백호사자를 내게 데려오라고 전해라."

"알았네."

"란아."

"네, 오라버니."

태무악이 부르자 그를 부축하고 있던 우란은 그의 어깨를 쓰다듬으며 대답했다.

"너는 예아와 교대를 해줘라."

"오라버니, 지금 그런 게 문제예요?"

"말 들어라."

"……."

자신도 태무악을 위해서 무언가 하고 싶었던 우란은 뜻하지 않은 명령에 착잡한 표정을 지었다.

"낭이는 나를 보호해 줘."

"미친놈."

백일낭은 욕설로 대답을 대신했다. 어제까지만 해도 초절정 고수였던 그가 이제는 자신을 보호해 달라고 하자 가슴이 미어지는 것 같은 슬픔을 느꼈기 때문이다.

그녀의 두 눈에 눈물이 가득 고여 있는 것만 봐도 그녀가 얼마나 태무악을 염려하는지 알 수 있는 일이었다. 아마 태무악을 지키기 위해서라면 그녀는 목숨이라도 초개처럼 내놓을 것이다.

삼풍호개는 어금니를 악물고 태무악을 쳐다보며 전음으로 결연하게 말했다.

"염려 말게. 무슨 일이 있어도 사도옥을 찾아내겠네."

삼풍호개가 방문으로 걸어가자 조형구도 뒤를 따랐다.

우란은 방을 나가는 삼풍호개와 태무악을 번갈아 쳐다보더니 백일낭에게 간절한 표정으로 전음을 보냈다.

"오라버니를 잘 부탁해요."

백일낭은 아무 말도 하지 않고 입술을 꼭 깨문 채 태무악만 쏘아보고 있었다.

뭐라고 말을 하거나 고개를 끄덕이면 두 눈에 가득 찬 눈물이 쏟아져 내릴 것만 같아서였다.

우란은 태무악을 가슴에 깊이 끌어안았다가 놓고는 서둘러 밖으로 나갔다.

"사신풍, 이리 와라."

백일낭이 태무악을 부축해서 침상에 눕히며 창가에 있는 사신풍을 불렀다.

"어… 너는?"

태무악은 침상 가로 다가온 사신풍을 보더니 눈만 약간 크

좌절(挫折) 101

게 뜨면서 알은체를 했다.

"나를 알아보겠어?"

사신풍이 조심스러운 얼굴로 묻자 태무악은 빙그레 엷은 미소로 대답을 대신했다.

백일낭이나 사신풍은 지금의 대화가 중요하다고 여기지 않아서 굳이 전음을 사용하지 않았다.

"똥싸개로군."

"그래."

태무악이 말하자 사신풍은 환한 표정을 지었다. 사람들 사는 세상에서는 '똥싸개'라고 하면 심한 욕인데도 사신풍은 그가 자신을 알아봤다는 사실에 기뻐했다.

약간 큰 키에 뽀얗고 갸름한 얼굴. 십육칠 세가량의 어린 나이. 가냘픈 체구와 새카만 흑발을 엉덩이까지 기른, 해맑은 얼굴에 봄날의 따사로운 햇살 같은 미소를 짓고 있는 소녀가 사신풍이다.

백일낭은 의아한 얼굴로 사신풍을 쳐다보았다.

과거 무간자였던 신풍고수들은 웬만한 일로는 거의 표정의 변화가 없다.

더구나 사신풍의 무심함은 다른 신풍고수들에 비해서 더 심한 편이었다.

그런 그녀가 햇살 같은 미소를 짓고 있는 모습은 백일낭으로서는 처음 보는 것이었다.

이십오 명의 신풍고수 중에서 사신풍은 이신풍에 이어서 두 번째로 고강하다.

지닌바 자질이 뛰어나고 누구에게도 지기 싫어하는 독종이기 때문이다.

"많이 컸구나."

"그렇지?"

"요즘도 똥 싸니?"

"그때는 배탈이 났었던 거였어."

그렇게 말하면서 똥싸개, 아니, 사신풍은 말의 내용하고는 달리 싱그럽게 미소 지었다.

태무악이 무간옥을 탈출하기 두어 달 전 어느 날 야외 생존 훈련을 나간 날이었다.

그날 태무악의 조는 다섯 명이었는데, 그 조에 사신풍이 속해 있었다. 당시 사신풍은 무간낭자 이백삼호였다.

보통 하나의 조에는 실력과 경험이 풍부한 사람이 두 명 배치된다. 그중 한 명이 조장이 되고, 중간 정도 실력자가 두 명, 그리고 신참이 한 명 배치되는 것이 상례였다.

세 살 때 무간옥에 온 사신풍은 십 년 동안 줄곧 실내에서만 교육과 무공 수련을 받다가 그날 처음 야외 생존 훈련에 참가했다.

그날의 주된 훈련 목표는 어느 일정한 장소에서 다른 장소까지 백 리 길을 적귀들에게 발각되지 않고 이틀 안에 도착하는 것이었다.

보통 삼십여 개 조가 한꺼번에 훈련에 참가를 하는데, 그중에서 목적지까지 무사히 당도하는 조는 통상 열 개 남짓이고, 탈락한 나머지는 무간옥에서 제일 무서운 형벌인 금식(禁食) 열흘에 처해진다.

태무악의 조는 처음부터 삐걱거렸다. 첫 은신 장소인 땅굴 속에서 신참인 사신풍이 갑자기 배가 아프다면서 대변을 본 것이다.

땅굴은 폭 반 장에 높이도 반 장 남짓한 좁은 공간이어서 다섯 명이 몸을 밀착하다시피 웅크리고 있어야만 한다.

그런 곳에서 대변을 보면 좁은 공간 내에 지독한 냄새가 가득 차버린다.

그러나 그 정도 냄새는 구태여 귀식대법을 전개하지 않아도 무간자들은 충분히 견딜 수 있었다.

문제는 대변 냄새가 땅 위로 흘러나가면 적귀에게 발각될 수도 있다는 사실이었다.

적귀는 대변보다 미약한 냄새조차 삼십 리 밖에서도 분간해 낼 수 있다.

좁은 공간에서의 무간자들은 한쪽 방향을 향해서 최대한 쪼

그래서 대변을 보는 듯한 자세를 취해 두 줄로 앉는다. 마주 보는 자세는 공간을 많이 차지하기 때문이다.

그날 첫 은신 장소에서 사신풍 뒤에는 태무악이 바짝 붙어서 앉아 있었다.

그 조의 조장은 태무악이고, 신참은 항상 조장이 챙기는 것이 규칙이다.

그때 갑자기 변의를 느낀 사신풍은 즉시 바지를 내리고 볼일을 보기 시작했다.

그리고 그녀의 등에 거의 가슴을 밀착시킨 채 붙어 있던 태무악이 가장 큰 피해를 입었다.

사신풍은 심한 설사를 했고, 배설물이 태무악의 몸에 가장 많이 튀었다. 그러나 그녀는 부끄러워하지도, 미안해하지도 않았다.

무간자들은 예의범절 따윈 전혀 모르기 때문이다.

그렇지만 다른 무간자가 사신풍에게 어째서 야외 생존 훈련 중에는 용변을 보면 안 되는지에 대해서 설명을 하고 난 후에야 그녀는 자신이 잘못했다는 사실을 깨달았다.

그제야 그녀는 미안한 표정을 지었다. 자신 때문에 목표 달성을 못할지도 모르고, 그럴 경우 열흘 금식이라는 형벌을 당해야 하기 때문이다.

무림의 고수들이 그렇듯이 무간자들도 유사시에는 용변을

좌절(挫折) 105

보지 않는다.

　공력으로 용변을 완전히 분해하여 땀이나 호흡으로 배출하는 일반적인 수법을 터득했기 때문이다.

　그러나 대부분의 무간자 신참들은 그 수법을 배우지 못했다. 아방나찰들이 일부러 가르치지 않은 것이다. 그들이 최초의 야외 생존 훈련에 참가했을 경우, 그들로 하여금 더 많은 탈락자가 나오게 만들기 위해서다.

　어쨌든 사신풍은 그 이후에도 다른 은신처로 옮겨가는 도중이나 은신처 안에서 수시로 대변을 봤다.

　그리고 그녀 때문에 점점 더 위험해지자 화가 난 다른 조원들이 그녀를 죽이려고까지 했었다.

　그랬던 것을 태무악이 방패막이가 되어 그녀를 끝까지 지켜 주었다.

　다른 이유는 없었다. 그녀는 그때 고작 열세 살이었다. 태무악은 그녀가 첫 번째 야외 생존 훈련에서 죽기에는 아직 어리다고 생각했을 뿐이다.

　그녀의 편을 들어주기 전에 그는 잠시 자신의 열세 살 때를 회상해 보았다.

　그의 꿈은 살아서 벽라촌 집으로 돌아가는 것이었고, 그녀에게도 그런 꿈이 있기를 원했다.

　어쨌든 사신풍이 대변을 여섯 번이나 봤는데도 불구하고 태무악이 그때까지 꼭꼭 감추고 있던 능력을 어느 정도 발휘하여 그가 이끄는 조는 무사히 목적을 완수했으며, 열흘 금식의 형벌을 받지 않을 수 있었다.

태무악의 가슴에 등을 밀착시킨 채 허연 궁둥이를 까고 여섯 차례나 설사를 해대며 배설물을 튀겼던 사신풍이 십칠 세 어엿한 소녀가 되어 그 당시 자신을 살려준 조장 앞에 다시 나타난 것이다.

태무악만큼은 아니지만, 사신풍도 무간옥을 탈출한 이후 어느 정도 인간성을 회복한 상태였다.

그래서 사 년 전에 자신이 태무악에게 저질렀던 일이 어떤 일이었다는 것과 그 당시 그의 도움이 얼마나 절실하게 고마운 것이었는지 이제는 알 수 있었다.

아니, 사실 그녀가 무간옥의 혹독한 훈련을 무사히 마치고 최종 시험에 통과할 수 있었던 것은 그녀의 마음속에 태무악이라는 존재가 새겨져 있었기 때문일 것이다.

그녀는 지난 사 년 동안 태무악과 그때의 일을 한 번도 잊은 적이 없었다.

최악의 상황에 처한 사람이 누군가를 마음속으로 믿고 의지하게 되면 굉장한 능력을 발휘하게 된다.

세상에 대해서 아무것도 모르는 사신풍은 오직 태무악만을 가슴속에 꼭꼭 눌러 담고 지금껏 살아왔다.

"반갑구나."

태무악이 천천히 손을 뻗자 사신풍은 그에게 가까이 다가가 상체를 내밀었다.

태무악이 자신의 뺨을 부드럽게 어루만지자 사신풍은 해사한 미소를 지으면서 두 눈에는 소르르 눈물이 고였다.

"죽지 마."

"알았다."

사신풍의 말에 태무악은 빙그레 미소를 지었다.

그는 사신풍을 보면서 한 가지 사실을 깨달았다.

살아 있노라면 언젠가는 과거의 사람들을 만나게 된다는 사실이다.

싫든 좋든, 원수든 친구든 세상이 돌고 돌아 결국에는 만나진다는 것이다.

"너는 여기에서 무악을 지켜라. 내가 신풍고수들을 모두 데리고 오마."

백일낭은 사신풍에게 시키려던 일을 자신이 대신하기로 했다. 두 사람이 밀린 회포라도 풀라는 나름의 배려였다.

第百三十章
피습(被襲)

대무신
大武神

"잠깐만."

우란은 전력으로 쏘아가고 있는 삼풍호개를 반천성 밖에서 따라잡고는 급히 외쳤다.

"왜 그러지?"

마음이 급한 삼풍호개는 그 자리에 멈춰서 초조함을 감추지 못하고 물었다.

"내가 따라가도 되겠어요?"

"나를?"

"네."

"무엇 때문에?"

삼풍호개는 의아한 표정을 지었다. 우란이 자신을 따라올 이유가 없기 때문이다.

평소에 삼풍호개는 태무악 주위의 여러 여자들과 친했지만 우란하고는 그렇지 못한 편이었다.

그는 오는 사람 막지 않고 가는 사람 붙잡지 않는 성격이라서 태무악의 측근들하고도 별 불협화음 없이 원만하게 지내고 있었다.

그런데 우란은 당최 가까이하기가 껄끄러운 성격이고, 삼풍호개가 태무악의 친구인데도 적당한 호칭조차 없이 '어이' 라든지 '이봐' 라는 식으로 부르기 일쑤였다.

하지만 삼풍호개 쪽에서 구태여 그녀와 가까워질 이유가 없기 때문에 이냥저냥 지내왔었다.

"사도옥을 내 손으로 잡고 싶어요."

우란이 단호한 표정을 지으며 대답하자 삼풍호개는 가볍게 어이없다는 표정을 지었다.

"그 아이는 당신보다 고강한데?"

"그건 내가 알아서 할 거예요. 당신은 그년이 있는 곳으로 날 데려다주기만 하면 돼요."

삼풍호개는 슬쩍 미간을 좁혔다.

"당신?"

우란은 그가 왜 그러는지 짐작했다. 이 기회에 그녀를 길들이자는 것이다.

평소 같으면 열흘 삶은 호박에 이도 들어가지 않을 일이지만 지금은 상황이 상황이니만큼 그녀는 알아서 최대한 자신을 굽혔다.

"호개 오라버니, 부탁이에요. 네?"

"오라버니……."

그는 금세 헤벌쭉한 얼굴이 되어 고개를 끄덕였다.

"알았다, 란아. 네가 하는 일이라면 오라비가 무조건 도와주마. 헤헤……."

'백호사자를 데려오라고?'

총부주는 아까부터 태무악의 그 말만을 속으로 곱씹어 생각하고 있는 중이었다.

태무악의 방에서 흘러나온 몇 마디 말 중에서 그 말이 가장 충격적이었다.

태무악은 또 사도옥을 찾으라는 말도 했다. 그러나 총부주는 사도옥이 누군지 모른다. 알았다면 그 역시 고민거리가 됐을 것이다.

총부주에게 있어서 직속상전은 백호사자다. 신풍혈수를 잡으라는 명령도 그가 내렸다.

그는 천존에 대해서는 잘 모르고 있다. 자신의 최고 상전이 천존이라는 것은 알고 있었지만 생살여탈권을 쥐고 있는 백호사자의 명령이 더 절대적이었다.

'잘못 들었을 것이다.'

총부주는 일단 그렇게 결론을 내렸다. 신풍혈수가 적의 우두머리 중 한 명인 태상사사자의 백호사자를 데려오라고 말할 리가 없다.

설혹 그렇게 말했다고 해도 그 말을 전해 들은 백호사자가 쪼르르 달려올 리가 없다.

그런 일은 장강이 거꾸로 흐르는 것보다 일어날 가능성이 희박하다.

총부주는 신풍혈수의 방 쪽을 힐끗 쳐다보았다.

방문 앞에는 구신풍이 처음부터 줄곧 부동자세로 장승처럼 서서 지키고 있다.

방 안에서 흘러나온 말에 의하면 실내에는 사신풍이라는 계집아이가 있을 것이다.

'신풍혈수의 목소리가 너무 힘이 없었다. 마치 무공을 전혀 모르는 사람 같지 않은가? 무슨 일이 있는 것인가?'

문득 그의 얼굴이 움찔 굳어졌다.

'무공을 전혀 모르는 사람? 설마……'

거기에 생각이 미친 총부주의 머릿속으로 몇 가지 일들이 빠르게 떠올랐다.

우란이 갑자기 특전수 열 명을 청은각에 배치한 것. 신풍혈수의 측근들이 황급히 그에게 몰려온 것. 신풍혈수가 힘없는 목소리로 측근들에게 몇 가지 명령을 내린 것. 신풍혈수 같은 절정고수를 일개 고수 두 명이 지척에서 지키고 있는 것 등이다.

그 모든 것들을 차근차근 정리해 봤을 때 한 가지 사실이 명확해졌다.

'신풍혈수는 공력을 잃었다. 아마도 사도옥이라는 여자가 그 일에 깊은 연관이 있을 터이다.'

거기까지 생각하던 총부주는 가볍게 움찔했다.

자신도 모르게 신풍혈수의 방문 쪽을 뚫어지게 주시하고 있었던 모양인데, 방문 앞을 지키고 있는 구신풍이 날카롭게 이쪽을 쳐다보고 있는 것도 모를 정도로 생각에 골몰하고 있었던 것이다.

하지만 총부주는 구신풍의 시선을 피하지 않았다. 그는 평소에도 그런 소인배 같은 행동을 하지 않았다.

무림에서 공포의 존재로 일컬어지는 회명부의 총부주라는 지위는 거저 얻어지는 것이 아니다.

이십여 년 전에 그는 무간옥을 최우수 성적으로 마치고 회명자가 되었다.

이후 발군의 능력을 발휘, 단 한 차례의 실패도 하지 않으며 십이 년 만에 회명부 총부주의 지위에 올랐다.

그에게 무간옥과 회명부의 삶은 별반 다를 것이 없었다.

무간옥에서는 살아남기 위해서 발버둥을 쳤고, 회명부에서의 초창기에는 임무를 실패하지 않기 위해서, 총부주가 된 이후부터는 회명부 전체를 원활하게 이끌어야 하는 막중한 책임감과 태상사사자로부터의 엄중한 명령을 완수하려는 중압감에 시달리며 발버둥을 쳐야만 했었다.

회명부를 잃어버린 지금의 그가 할 수 있는 것은 명령을 수행하고 아울러 복수를 하는 것밖에는 없었다. 그것 외에는 생각해 보지도 않았다.

그가 아는 것은 예전에는 무간옥이었고, 지금은 회명부가 전부다. 그것이 그의 인생이고 목표다.

이제는 결정을 해야만 한다. 신풍혈수가 공력을 잃은 것이 확실하다면 그를 제압하는 것은 지금밖에 기회가 없다. 시간을 끌면 천우신조의 이 기회를 놓치고 만다.

그러나 만약 자신의 판단이 틀렸다면 그는 헛되이 목숨을 잃고 말 것이다.

'어떻게 하면 좋은가?'

분명히 그의 머리는 갈등을 하고 있는 중이다.

그런데 그의 두 발은 신풍혈수의 방문을 향해 성큼성큼 걸어가기 시작했다.

　정신이 아직 결정을 내리지 못했는데, 몸이 먼저 행동을 개시한 것이다.

　그의 나이 삼십팔 세. 세 살 때 무간옥에 들어간 이후 그는 머리보다는 몸이, 생각보다는 행동이 앞서는 삶을 살아왔고, 그것이 철저하게 몸에 배어 있는 상태다.

　그의 경험으로 미루어봤을 때, 생각보다 몸이 먼저 움직일 때에는 완벽한 성공을 거두었다.

　그래서 지금 그는 자신의 타성, 아니, 철칙이라고 믿고 있는 그것을 믿어보기로 했다.

　스긍!

　비슷한 타성 혹은 철칙을 갖고 있는 구신풍이 자신을 향해 똑바로 걸어오는 총부주에게서 시선을 떼지 않은 채 어깨의 검을 뽑았다.

　그 단순한 동작에는 더 가까이 다가오면 죽이겠다는 위협이 담겨 있었다.

　구신풍의 얼굴은 무심함뿐 일말의 표정도 떠올라 있지 않았다.

　총부주가 이 장으로 좁혀들자 구신풍은 말 한마디 없이 공격을 시도했다.

　쉬카악!

한줄기 반월형의 새하얀 빛살이 걸어오는 총부주의 상체를 향해 세로로 뿜어져 갔다.

신풍고수들이 다 그렇지만 구신풍도 이곳에 오고 나서 장족의 발전을 했다.

무간옥에서는 강제로 마지못해서 무공 연마를 했으나, 이곳에서는 필요성에 의해서 자발적으로 무공을 연마하기 때문에 무간옥에서보다 몇 배의 발전을 이룰 수 있었던 것이다.

무간자 출신인 신풍고수들은 싸움을 할 때 일체 멋을 부리지 않는다.

단지 목적을 이루기 위해서 전개하는 초식에 전력을 다 쏟아 부을 뿐이다.

구신풍을 대수롭지 않게 여겼던 총부주는 그가 전개하는 검초식을 대하는 순간 우뚝 자신도 모르게 걸음을 멈추었다. 그의 눈에 얼핏 놀라움이 스쳤다.

구신풍이 전개한 검초식은 무지하게 빨랐다. 언뜻 보기에는 광속참 같지만 그보다 더 빨랐다.

그러나 총부주는 구신풍이 무간자라는 사실을 간파했다. 무간자들의 손속을 무간자였던 그가 모른다면 말이 되지 않을 것이다.

총부주는 구신풍이 검을 뽑았을 때 자신의 검을 뽑지 않은 것과 공격에 대비하지 않은 것을 후회했다. 만약 이 일이 잘못

된다면 그 원인은 '방심'일 것이다.

이번에도 역시 총부주가 어떤 결정을 내리기도 전에 몸이 먼저 반응을 했다.

스릉!

상체를 비스듬히 왼쪽으로 흘리면서 오른손이 어깨의 푸른 검을 뽑은 것이다.

이번에도 그의 몸은 옳은 결정을 한 것 같다. 이대로라면 간발의 차이로 구신풍의 쏘아오면서 그어져 내리는 검이 총부주의 오른쪽 어깨를 두 치 차이로 스쳐 지날 것이다.

총부주는 당연히 피할 것이라 예상하고 구신풍의 옆구리를 향해 광속참을 전개했다.

키잇!

쾌검이란 이렇게 전개하는 것이다. 라는 것을 보여주기라도 하는 듯한 쾌속하고 깔끔한 솜씨였다.

그런데 그의 오른쪽 어깨 옆으로 스쳐 내릴 것이라고 예상했던 구신풍의 검이 중도에서 변화를 일으켰다.

촤아악!

그어져 내리던 반월형의 빛살이 갑자기 여러 조각으로 쪼개지는 것과 동시에 왼쪽으로 상체를 비틀고 있는 총부주를 향해 쏟아져 왔다.

'전린부!'

그는 속으로 부르짖었다. 처음 것이 광속참 같다고 생각했는데 이번 것은 전린부가 분명했다. 그렇다면 처음 것은 광속참이 틀림없을 것이다.

광속참은 쾌검이지만 전린부는 다변이다. 십여 개의 빛의 편린들이 전신의 급소를 노리며 쏘아오는데다 거리가 너무 가까웠다.

이번에는 생각을 할 여유조차 없다. 그런데도 언제나 그랬듯이 몸이 반응을 했다.

찰나의 순간에 천근추의 수법으로 허물어지듯이 바닥에 납작하게 엎드리면서 데구루루 몸을 굴렸다.

그러면서 그는 생각했다. 어쩌면 한두 군데 적중되겠지만 그리 큰 충격이 아닐 테니, 적중되는 순간에 상대를 능히 죽일 수 있을 것이라고 확신했다.

퍽!

과연 그의 몸의 반응은 탁월했다. 왼쪽 어깨 바깥쪽에 빛의 편린 하나가 적중되는 정도로 피해를 최소화했다. 그 정도라면 눈 하나 까딱하지 않고 상대를 죽일 수 있다.

그는 바닥을 구르고 있는 상태에서 기회를 포착하여 구신풍의 하체를 향해 맹렬히 검을 떨쳤다.

그런데 검이 쏘아 나가지지 않았다. 그래서 그는 급히 눈을 내리깔면서 자신의 오른손을 쳐다보았다.

"……!"

그의 두 눈이 찢어질 듯이 부릅떠졌다. 자신의 오른팔 팔꿈치 아래 부분이 사라진 것이다.

쿵!

그 순간 그의 뒷머리가 벽에 거세게 부딪치면서 구르기가 멈추었다.

그는 뒷머리를 벽에 기댄 채 사지를 늘어뜨리고 바닥에 길게 늘어졌다.

구신풍에게 신경을 쓸 정신적 여유가 없었다. 자신이 어떤 상황에 처했는지를 확인하는 것이 우선이다.

오른쪽 옆구리에서 피가 콸콸 쏟아져 나오는 것이 먼저 눈에 띄었다.

잘려 나간 오른팔 팔꿈치 부위는 옆구리의 상처 바로 옆에 위치해 있다.

순간 그는 어떻게 된 일인지 깨달았다. 왼쪽 어깨에 적중된 작은 한 조각의 빛의 편린이 아래로 비스듬히 몸을 관통하여 오른쪽 옆구리로 뚫고 나오면서 오른팔 팔꿈치를 끊어버린 것이다.

빛의 편린이 왼쪽 어깨에 적중됐을 때 그는 깊어야 두세 치 정도의 상처일 것이라고 추측했다.

그런데 몸통을 완전히 관통해 버린 것이다. 그 정도의 위력을 지닌 검초식은 하나밖에 없다.

'척탄류······.'

그렇게 속으로 중얼거리는 그의 얼굴엔 어이없다는 표정이 떠올랐다.

처음에는 쾌속한 광속참이었다가, 두 번째는 다변의 전린부, 그리고 마지막엔 위력적인 척탄류가 한꺼번에 담겨 있는 검초식이라니······.

그 검초식의 이름이 광린탄이고, 태무악이 광속참과 전린부, 척탄류의 장점만을 골라내서 취합하여 창안한 검초식이라는 사실을 총부주가 알 리 없다. 그래서 그의 놀라움이 더 큰 것이다.

사실 총부주와 구신풍이 일대일로 정면 대결을 벌인다면 구신풍이 이십 초까지는 가까스로 버틸 수 있을 정도로 열세였다.

총부주가 당한 이유는 둘이다. 방심을 했고, 기선을 뺏긴 상황에서 광린탄이 너무 강력했다는 것이다.

총부주는 왼쪽 어깨와 옆구리, 그리고 끊어져 나간 팔꿈치에서 콸콸 쏟아지는 핏물만큼 빠르게 기력이 사라지고 있는 것을 느꼈다.

방심의 대가는 참혹했다. 그는 자신이 일패도지 재기불능이 되었다고 판단했다.

그의 일생에서 단 한 번도 체념을 한 적이 없었는데 지금 그는 체념을 하려 한다.

하지만 기적은 포기하지 않는 자의 몫이다. 방심은 총부주만 하는 것이 아니다.

"무슨 일이냐?"

방 안에서 태무악의 힘없는 목소리가 흘러나오자 구신풍이 총부주에게 등을 보이며 방문을 열었다. 그것이 총부주를 비롯한 모두의 운명을 잠시 동안 뒤바꿔놓았다.

척!

"생쥐 한 마리를 처치했다."

구신풍이 방문을 열고 침상을 향해 말했다. 침상에는 태무악이 누운 채, 그리고 그 옆에 사신풍이 앉아서 방문 밖을 쳐다보고 있었다.

복도 벽에 기대어 거의 누운 듯한 자세인 총부주는 구신풍이 약간 벌린 다리 사이로 실내의 태무악을 똑똑히 볼 수 있었다.

'신풍혈수!'

총부주는 마지막 기력을 모아 찰려 나간 오른손이 쥐고 있던 검을 재빨리 왼손으로 잡았다.

다음 순간 뒷머리로 힘껏 벽을 밀면서 앞으로 쏘아나가며 검을 그어댔다.

퍼억!

심후한 공력이 실린 검은 구신풍의 몸을 세로로 쪼개면서 산산조각 흩어지게 만들었다.

구신풍의 방심이 생쥐에게 기회를 준 것이다.

복도 벽을 박차고 쏘아나간 총부주는 구신풍의 몸을 쪼개고도 곧장 침상의 태무악을 향해 덮쳐 갔다.

마지막 기력을 모은 최후의 기회라고 생각하는 그의 공격은 대단한 위력을 지니고 있었다.

총부주가 쏘아가는 도중에 본 태무악의 핏기없는 얼굴은 공력을 잃은 것이 분명했다.

태무악은 자신을 향해 쏘아오는 총부주를 보면서도 얼굴빛 하나 흐트러지지 않았다.

쐐애액!

총부주의 검이 푸르스름한 검광을 흩뿌리면서 태무악의 정수리를 쪼개어갔다.

촤악!

다음 순간 그의 검이 침상을 절반으로 쪼갰다. 그러나 그곳에 태무악은 없었다.

사신풍이 왼팔로 그의 허리를 안고 수직으로 둥실 떠올랐기 때문이다.

태무악과 사신풍의 등이 천장에 막 닿으려고 할 때 총부주가 방향을 급격히 꺾으면서 화살처럼 솟구쳤다.

사신풍은 움찔 다급한 표정을 짓는 것과 동시에 태무악을 맞은편으로 던졌다.

차앙!

다음 순간 그녀는 하강하면서 어깨의 검을 뽑아 전력으로 총부주의 머리를 겨냥하고 내리그었다.

하강하는 것보다 솟구치는 것이 더 힘들다. 더구나 총부주는 중상을 당한 몸이고, 흩어지는 공력을 가까스로 모으고 있는 상태였다.

반대로 사신풍은 하강을 하고 있으며, 전력을 다해서 초식을 펼치고 있었다.

총부주는 사신풍을 죽이거나 중상을 입혀야만 신풍혈수를 어떻게 해볼 수 있을 것이라고 판단했다.

지금 상황에서는 요행이나 기적 따위를 바랄 수 없다. 오직 최후의 응집력이 필요할 때이다.

'제발……'

그는 평생 한 번도 사용해 보지 않은 말을 속으로 간절하게 웅얼거렸다.

쩌걱!

쇠와 쇠끼리 부딪치는 음향이 터지면서 총부주는 손이 허전해지는 것과 불길함을 동시에 느꼈다.

파악!

총부주의 검을 절반으로 자른 사신풍의 검이 그의 머리를 두 개로 쪼갰다.

그 순간 그는 수중의 검을 방금 전에 태무악이 날아갔던 방향을 향해 쳐다보지도 않고 힘껏 던져 냈다.

벽에 부딪쳤다가 바닥에 나뒹군 직후에 벽을 짚고 비틀거리면서 일어서고 있는 태무악을 향해 절반으로 부러진 검의 검파 쪽 칼날이 곧장 쏘아왔다.

그는 일어서는 데 전력을 다하고 있어서 검이 쏘아오고 있는 것을 알지 못했다.

팍!

검이 그의 목 옆을 아슬아슬하게 스치며 벽에 깊숙이 꽂히고 나서 부르르 진동했다.

쿵!

머리가 세로로 쪼개진 총부주가 방바닥에 떨어질 때 사신풍은 이미 태무악 앞에 내려서고 있었다.

"조장!"

그녀는 날카롭게 외치며 급히 태무악을 부축했다. 칼날이 스친 그의 목에서 새빨간 피가 줄줄 흘러내렸다.

태무악은 눈을 부릅뜬 채 죽은 총부주를 보면서 조용히 중얼거렸다.

"저자는 회명부 총부주로군."
"정말이야?"
"그래."

사신풍이 놀라서 묻자 태무악은 가볍게 고개를 끄덕였다.

그때 복도에서 급박한 발자국 소리가 들리더니 잠시 후 백일낭과 신풍고수들이 파도처럼 들이닥쳤다.

"뭐야? 이게 어떻게 된 거야?"

사신풍의 설명을 듣고 난 백일낭의 얼굴이 새파랗게 질리더니 곧 보기 싫게 일그러졌다.

"우란 이년! 모가지를 비틀어 죽여 버리겠다!"

*   *   *

백호사자 궁무는 오랜 고심 끝에 한 가지 결정을 내렸다.

무림을 떠나기로 마음먹은 것이다.

그 결정을 내리기 전까지 그는 어떻게 해서든 천존과 천중신군, 그리고 부상국의 무리로부터 중원을 구해야겠다고 생각했다.

얼마 전까지만 해도 천존은 그에게 하늘같은 절대자였으나, 이제는 단지 조국 중원을 침략하려는 오랑캐일 뿐이었다.

만약 천존이 궁무를 내치지 않고 중원 침략에도 그를 중용

했다면 어떻게 되었을까.

과연 궁무는 천존의 하수인이 되어 조국 중원을 짓밟는 일을 수행할 수 있었을까.

그것은 모르는 일이다. 그 자신은 아니라고 부인할는지 모르지만, 어쩌면 천존에게 버림을 받았기 때문에 오랑캐로부터 중원을 구하겠다는 생각을 했을지도 모른다.

하지만 그는 그 생각을 실행하지 못했다. 천존은 너무도 거대하지만 그는 아무것도 가진 것이 없기 때문이다.

믿고 모든 것을 털어놓았던 화운성마저도 묵묵부답 아무런 말도 대책도 없었다.

그러더니 오늘 아침에 승명왕부에 찾아갔을 때 화운성은 그곳에 없었다.

그의 시중을 들던 하녀의 말에 의하면 아주 떠났다는 것이다. 그것 때문에 궁무는 더할 수 없는 절망에 빠졌다.

그는 자신이 할 수 있는 일이 아무것도 없음을 뼈저리게 깨달았다. 그래서 결국 무림을 떠날 수밖에 없다는 결론을 내린 것이다.

'신풍혈수라면……'

떠날 차비를 해놓은 그는 활짝 연 창을 통해서 을씨년스러운 정원을 내다보면서 내심 중얼거렸다.

화운성은 중원에 나와서 단 한 명의 친구를 사귀었으며, 그

친구의 말 한마디면 대명제국 전체를 움직일 수 있다고 말했었다.

궁무는 화운성의 친구가 신풍혈수란 판단을 내렸다. 화운성이 어떻게 해서 신풍혈수를 친구로 사귀게 됐는지는 중요하지 않다.

다만 이 난국을 타개할 만한 인물이 신풍혈수밖에 없다는 사실만이 중요할 뿐이다.

궁무는 처음에 화운성을 만나고 나서 백호십위 중에 세 명을 비롯하여 백호단의 살아남은 자들 이백여 명을 모두 긁어모았다.

화운성이 천존에게 대적하기로 결정을 내리면 작은 힘이나마 보태려는 생각에서였다.

그러나 궁무는 무림을 떠나기로 결정했고, 잠시 후에는 그들을 해산하게 될 것이다.

'신풍혈수를 직접 찾아가 볼까?'

이미 무림을 떠나겠다고 결정을 내려놓고서도 그는 마음속의 마지막 미련 한 조각을 떨쳐 내지 못하고 자꾸만 미적거리고 있었다.

중원영웅인 신풍혈수가 반천성에 있다는 사실은 더 이상 비밀스러운 일이 아니었다. 그러므로 그를 만나려면 반천성으로 가면 될 터였다.

그러나 그를 만나서 무얼 어쩌겠다는 말인가? 얼마 전까지만 해도 천존의 하수인이었던 자신을 그가 보자마자 죽이지 않으면 다행한 일이었다.

그런 판국에 천존의 음모를 설명하면 그가 믿어주기나 하겠는가. 어림도 없는 얘기다.

'불가능하다.'

그는 결국 착잡한 얼굴로 고개를 절레절레 흔들면서 창문을 닫으려고 하였다.

그때 자신의 심복 중 한 명인 백호팔위가 이쪽을 향해 나는 듯이 달려오고 있는 모습이 보여서 동작을 뚝 멈추었다.

"존하, 주작사자가 찾아왔습니다."

"천봉후가?"

백호팔위가 창밖에서 공손히 보고하자 궁무의 얼굴에 놀라움과 의혹이 가득 피어났다.

얼마 전에 그가 화운성을 처음 만나 천존의 음모에 대해서 설명을 하고 나서 숭명왕부를 떠날 때, 태무악의 명령으로 단가상이 자신을 미행했다는 사실을 알 리 없기에 상상조차 하지 못했던 단가상의 방문이 경악스러운 것이다.

"어떻게 하시겠습니까?"

백호팔위가 공손히 묻는데도 궁무는 쉬이 결정을 내리지 못했다. 단가상이 무엇 때문에 찾아왔는지 짐작조차 하지 못하기 때문이다.

"어떻게 하긴? 날 만나지 않으면 보따리라도 쌀 수밖에."

그때 허공에서 낭랑한 목소리가 흐르더니 시립해 있는 백호 팔위 뒤에 단가상이 스르르 선 채로 하강해 왔다.

第百三十一章
교활(狡猾)

대무신
大武神

하북성을 서에서 동으로 흐르는 대청하(大淸河)의 상류 강가의 어느 숲 속에 두 사람이 운공조식을 하고 있다.

화운성과 사도옥이다.

새벽에 반천성을 떠난 두 사람은 늦은 오후인 지금까지 삼백여 리 길을 잠시도 쉬지 않고 달려와 이제야 잠시 숨을 돌리고 있는 중이다.

그런데 운공조식을 시작한 지 채 열 호흡도 지나지 않아서 갑자기 사도옥이 눈을 번쩍 떴다.

그녀의 두 눈은 화등잔처럼 커졌으며 얼굴은 혼비백산으로 물들었다.

"어… 째서 이런 일이……."

망연자실한 그녀의 입에서 어이없는 중얼거림이 새어 나왔다.

그녀의 말소리 때문에 화운성이 운공조식을 그만두고 눈을 뜨며 물었다.

"무슨 일인데 그러느냐?"

사도옥은 금세 대답하지 않고 경악한 얼굴로 잠시 한숨을 푹푹 내쉰 후에 심어로 대답했다.

"제가 악 오라버니의 공력을 흡수한 것 같아요."

운공조식을 해보지 않았으면 계속 모르고 있을 뻔한 일이다.

그녀는 이곳까지 경공을 전개하여 달려왔으나 자신의 체내에 태무악의 공력이 담겨 있다는 사실을 까맣게 모르고 있었다.

남의 공력을 흡수했더라도 운공조식을 통해서 자신의 공력과 일체를 시켜야만 비로소 사용할 수 있는 것이다.

"그게 무슨 소리냐? 네가 태 형의 공력을 흡수하다니, 어떻게 그런 일이 일어날 수 있단 말이냐?"

사도옥은 반천성을 떠난 이후 어젯밤의 일을 생각하느라 화운성하고 한마디도 하지 않았다. 누구와 대화를 나눌 기분이 아니었던 것이다.

더구나 태무악하고 몸을 섞었다는, 아니, 자신이 그를 제압하고 강간했다는 사실은 죽을 때까지 아무에게도 말하고 싶지 않은 일이었다.

"돌아가야겠어요."

"어디로 간다는 말이냐?"

사도옥이 벌떡 일어나자 화운성이 급히 그녀의 팔을 잡으며 다그쳐 물었다.

"이제 오십여 리만 더 가면 사부님께서 계시는 청원(淸苑)에 도착한다. 아니, 어쩌면 사부님께선 이미 청원을 출발하여 북경성으로 향하고 계실지도 모른다. 그런데 너는 지금 어디로 가겠다는 말이냐?"

사도옥이 대답이 없자 화운성이 차근차근 설명을 했다.

그녀는 착잡한 표정으로 입술을 잘근잘근 깨물며 깊은 생각에 잠긴 모습이다.

"사실은……."

한참 만에 사도옥이 어렵게 입을 뗐다. 얼굴에는 후회와 자책의 기색이 역력했다.

두 사람은 심어로 대화를 나누고 있기 때문에 그 누구도 엿들을 수가 없다.

심어는 생각이나 같다. 제아무리 초절정고수라고 해도 다른 사람의 생각까지 읽을 수는 없는 것이다.

사도옥은 화운성에게 사실대로 이야기할 수밖에 없다는 판단을 내렸다.

조부가 멀지 않은 청원에 있거나 이곳으로 오고 있는 중이라면, 화운성의 도움 없이는 결코 반천성으로 돌아갈 수 없기 때문이다.

도대체 어떻게 해서 태무악의 공력을 흡수했는지 모를 일이다. 그녀는 그와 정사를 하면서 단지 조부가 가르쳐 준 구결대로 실행했을 뿐이다.

그녀는 태무악의 공력을 흡수할 생각은 추호도 없었다. 그를 강간한 것도 하늘을 쳐다보지 못할 정도로 가증스러운 일이거늘, 어떻게 공력을 흡수하는 파렴치한 짓을 할 수 있단 말인가.

아니, 그녀는 태무악을 목숨보다 더 사랑하게 되었다. 그와 정사를 하면서 그 사실을 골수에 맺히도록 느끼고 또 가슴에 새겼다.

지금 공력을 잃은 그가 어떤 모습을 하고 있을지 상상을 하는 것만으로도 그녀는 가슴이 천 갈래 만 갈래 갈가리 찢어지는 것만 같았다.

"너……."

사도옥이 기어드는 목소리로 겨우겨우 설명을 마치자 화운성은 너무 놀라서 말조차 나오지 않았다.

수양이 깊은 그조차도 대경실색하여 한동안 사도옥을 쳐다보기만 할 뿐이었다.

"제가 악 오라버니에게 돌아갈 수 있도록 도와줘요."

이번에는 화운성이 대답하지 않았다. 아니, 뭐라고 해야 할지 대답할 말이 생각나지 않았다.

"잠시 생각을 해보자꾸나."

화운성은 그녀의 팔을 놓지 않은 채 말했다.

"누구냐?"

그때 사도옥이 갑자기 한쪽 방향을 보며 나직하고도 냉랭히 호통을 쳤다.

그러자 그녀가 쏘아보고 있는 방향의 십여 장쯤 되는 곳에 있는 덤불 뒤쪽에서 한 인영이 느릿하게 걸어나왔다.

'인자!'

화운성은 인영을 보는 순간 속으로 나직이 외쳤다. 그 인영은 숭명왕부 천장 위에서 화운성을 감시하다가 제압된 인자와 비슷한 복장을 하고 있었다.

그자하고 다른 점은 긴 장포를 입었고, 왼쪽 가슴에 금색 까마귀 두 마리가 수놓아져 있다는 것이다. 그로 미루어 이자는 인자들의 우두머리 급인 듯했다.

그때 인자가 화운성과 사도옥 쪽으로 미끄러지듯이 빠르게 다가왔다.

특이한 경공이다. 마치 미풍에 풀잎이 일렁이는 것 같기도 하고, 잔잔한 수면 위를 미끄러지는 소금쟁이 같은 모습이기도 했다.

인자는 두 사람의 세 걸음 앞에 멈춰서 정중하게 한쪽 무릎을 꿇었다.

"두 분을 모셔오라는 분부십니다."

부상국의 인자지만 매끄러운 한어를 구사했다. 화운성이 만난 두 명의 인자는 모두 한어가 능숙했다.

'누가?'라고 물을 것도 없다. 당연히 천존의 명령일 것이다.

사도옥은 화운성을 쳐다보았다. 어떻게 하면 좋으냐고 묻는 표정이다.

"사부님께선 지금 어디에 계시느냐?"

"십여 리 서남쪽에서 이쪽 방향으로 오고 계시는 중입니다."

사도옥의 안색이 해쓱해지고, 화운성의 표정은 착잡해졌.

사부가 십여 리 지척에 있다면 사도옥을 반천성으로 돌려보내는 것은 불가능한 일이다.

"알았다."

화운성이 고개를 끄덕이자 사도옥의 얼굴은 아예 새하얗게 질려 버렸다.

"오라버니……."

화운성은 그녀의 어깨를 다독거리는 척하면서 재빨리 심어를 보냈다.

"지금은 방법이 없다. 일단 사부님을 만난 후에 대책을 강구해 보도록 하자. 단, 그 얘기는 절대 비밀이다."

'그 얘기'란 태무악의 공력을 흡수했다는 사실이다.

화운성은 사도옥의 말을 듣고서야 비로소 사부가 무엇 때문에 오행신체를 필요로 했는지 의문을 풀었다. 사도옥의 구음절맥을 치료하기 위해서였던 것이다.

그러나 의문이 풀렸다고 해서 변하는 것은 없다. 사부가 중원대륙을 짓밟고 집어삼키려는 부상국 왜인임은 부정할 수 없는 사실이다.

'아아… 악 오라버니.'

사도옥은 반천성이 있는 동북쪽 하늘을 망연히 바라보며 눈물을 삼켰다.

태무악이 얼마나 자신을 원망하고 있으며, 얼마나 절망하고 있을지를 생각하면 숨을 쉬는 것조차 힘들었다.

청원을 떠난 천존 일행은 제수(除水)라는 그리 크지 않은 현의 어느 장원에 들었다.

화운성과 사도옥은 장원에 도착하자마자 곧장 천존이 있는 곳으로 안내됐다.

척!

방문이 열리자 화운성이 앞서고 사도옥이 뒤따라 조심스럽게 방 안으로 들어섰다.

사부이며 조부를 만나는 것인데도 두 사람은 똑같이 도살장에 끌려 들어가는 듯한 느낌이었다.

두 사람을 변하게 만든 사람은 태무악이다. 그가 사부이며 조부를 남처럼 느끼게 만들었다.

원래 엄하기만 한 조부라서 그다지 정을 느끼지 못했었는데, 이제는 아예 남보다 더 서먹함을 느끼는 사도옥은 방 안으로 들어가면서도 화운성의 듬직한 체구 뒤로 자꾸만 몸을 숨겼다.

실내에는 두 사람이 있었다. 한 사람은 의자에 앉아 있고, 그 옆에 천존이 서 있었다.

천존이 누군가 앉아 있는 사람 옆에 서 있는 모습을 화운성과 사도옥은 처음 봤다.

그는 절대자이지 앉아 있는 사람 옆에 시립이나 하는 인물이 아닌 것이다.

화운성과 사도옥은 나란히 섰다가 천존에게 공손히 무릎을 꿇고 이마를 바닥에 댔다.

"사부님."

"할아버님."

제자도 손녀도 어리광이나 오랜만에 만난 가족끼리의 회포 같은 것은 없었다. 그저 황제를 배알하듯 최대의 예의를 표할 뿐이다.

"오냐. 일어나라."

천존 역시 오랜만에 보는 제자와 손녀를 따뜻하게 맞아주지 않고 여느 때와 다름없이 잔잔한 목소리로 말했다.

그는 두 사람이 일어나자 공손한 자세로 의자에 앉아 있는 인물, 즉 장군인 아시카가 요시노리를 가리켰다.

"장군께 예의를 갖춰서 인사드려라."

화운성의 시선이 요시노리에게로 향했다. 백호사자 궁무에게 요시노리가 자신의 친형이라는 사실을 전해 들은 화운성이기에 심경이 매우 복잡했다.

천애고아인 줄만 알았던 자신에게 친형이 있으며, 그가 부상국의 절대자인 장군이고, 자신 또한 왜인이라는 사실은 아직까지도 받아들여지지 않는, 꿈처럼 여겨지는 막연한 현실이기만 했다.

사도옥은 요시노리가 누군지 모르기 때문에 의아한 표정으로 조심스럽게 그를 살펴보았다.

요시노리는 화운성을 뚫어지게 주시하고 있었다. 그의 눈빛은 뜨거웠으며 반가움과 기쁨이 뒤엉켜 있었다. 그는 감격을 간신히 참고 있는 모습이 역력했다.

사도옥은 어떻게 인사를 해야 할지 몰라서 조심스럽게 화운성을 살폈다.

화운성은 담담한 표정을 유지하려고 애쓰면서 요시노리를 향해 깊숙이 허리를 굽혔다. 그러자 사도옥도 옆에 서서 허리를 굽혔다.

"무릎을 꿇고 대례를 갖추어라."

그때 천존이 꾸짖듯 지적했다.

"됐다."

그러자 요시노리가 손을 저으며 몸을 일으켰다. 그는 인사를 받는 것보다 아우와의 상봉이 급했다.

그는 천존이 자신을 화운성에게 제대로 소개하기를 기다렸다. 자신이 말하는 것보다는 그의 소개가 더 적절하다고 생각했기 때문이다.

천존이 화운성에게 조용히 입을 열었다.

"궁무에게 들었느냐?"

화운성은 움찔 놀랐다. 백호사자 궁무가 자신을 찾아온 것을 사부가 알고 있다는 사실 때문이다.

사부가 수하를 시켜서 궁무를 미행시킨 것인가? 라고 생각했으나 그것은 아닌 듯했다.

궁무가 자신을 만나고 있는 동안에는 태무악과 그의 친구들이 주변을 감시하고 있었기 때문에 사부의 수하 정도의 능력으로는 그들의 이목을 피하는 것이 불가능하다고 판단한 것이다.

그렇다면 사부는 추측을 한 것일 게다. 사부에게서 내침을 당한 궁무가 찾아갈 사람이 화운성밖에 없으며, 무슨 내용을 말했을 것이라는 것까지 말이다.

그는 늘 자신의 추측이 정확하다고 믿었고, 사실 정확했다.

"들었습니다."

화운성은 굳이 숨길 생각이 없다.

"그렇다면 내 설명이 필요없겠구나."

화운성이 공손히 대답하자 천존은 가볍게 고개를 끄덕였다.

"사부님께 한 가지만 묻고 싶습니다."

화운성은 착잡한 표정으로 말했다.

"말해봐라."

천존은 무엇을 물을 것이라고 짐작하고 있으면서도 그가 말을 하도록 했다.

"제자가 정말 왜인입니까?"

"그렇다."

그때 요시노리가 끼어들었다.

"너는 그냥 왜인이 아니라 자랑스러운 아시카가 장군가의 혈통이다."

"아시카가……."

"네 이름은 아시카가 요시아키다. 또한 나 아시카가 요시노리의 친동생이기도 하지."

화운성은 복잡한 표정으로 요시노리를 쳐다보았다.

요시노리는 빙그레 미소를 지었다. 그는 화운성의 복잡한 마음 같은 것은 안중에도 없는 듯했다.

그저 언제든 손을 뻗기만 하면 잃었던 아우를 되찾을 것이라고 생각하는 것 같았다.

"이십 년 전에 우리 가문은 적의 공격으로 풍비박산됐다. 부모님께선 비명에 돌아가시고, 가문의 가로(家老) 세 명이 너와 나, 그리고 네 아래의 막내아우 셋을 데리고 피신을 가야만 했었지."

그는 이야기를 들을 준비도 되지 않은 화운성에게 불쑥 과거를 설명하기 시작했다. 그는 매사에 그런 식인 듯했다, 상대를 거의 안중에 두지 않는.

또한 그는 가문의 비사(悲史)를 이야기하면서도 얼굴 가득 미소를 띠고 있었다.

말과 행동의 불일치였지만, 그는 그러는 것이 익숙한 듯 개의치 않았다.

그것이 그의 성격인지 아니면 이십 년 만에 아우를 다시 만나 기뻐서인지는 모를 일이다.

"나는 가로에 의해서 본국의 남쪽 어느 섬으로 갔고, 나중에 안 사실이지만 또 한 명의 가로는 너를 데리고 중원으로 갔더구나."

화운성은 그의 말을 듣고 비로소 자신에게 남동생이 한 명 있다는 사실을 알게 되었다.

그렇지만 그것은 서책에서 모르고 있던 지식 하나를 알게 되었다는 정도의 느낌일 뿐이었다.

형이라는 존재도 생소하기 짝이 없는 상황인데 하물며 동생은 오죽하겠는가.

화운성은 자신의 신세에 대한 과거지사를 들으면서도 아무런 감흥이 일어나지 않았다.

그저 전혀 모르는 타인에 대한 과거를 듣는 것처럼 무덤덤하기만 했다.

하지만 그는 곧 마음을 추스르며 요시노리의 설명에 귀를 기울이려고 애를 썼다.

어찌 됐든 그것은 자신과 가족에 대한 이야기이기에 들으려고 노력하는 것이 예의일 듯했다. 물론 상대가 아닌 자신에 대한 예의다.

그렇지만 애를 쓰는 것과는 달리 여전히 무덤덤한 마음은 어떻게 할 수가 없었다.

"십여 년이 지난 후 백부에 의해서 우리 아시카가 가문이 다시 부흥했고, 백부께서 나를 본국의 절대자인 장군의 양자로 보냈다. 나는 양부의 신임을 얻었다고 판단하고 제일 먼저 너와 막내아우를 찾는 일에 착수했다."

요시노리는 화운성의 정면에 우뚝 섰지만 그에게 손을 대지는 않았다.

단지 얼굴에 환한 표정을 가득 떠올리고 있었다. 잠시 후에 있을 본격적인 상봉의 감격을 기대하면서 그는 자제력을 발휘하고 있는 듯했다.

"그리고 얼마 후에 장군이 죽고 내가 그 뒤를 이어 장군에 즉위하여 막부의 실권을 장악하게 되었다."

천존은 전대 장군의 측근인 슈고다이묘였다. 요시노리는 장군에 즉위한 직후 측근들을 대다수 물갈이를 했으나 천존만은 그대로 연임시켰다.

화운성은 조금 궁금증이 생겼다. 단지 궁금하기 때문이지 요시노리의 설명에 흥미를 느낀 것은 아니었다.

"그렇다면 나는 왜 중원에 방치해 두었소?"

요시노리는 화운성이 묻기를 기다렸다는 듯 기쁜 표정을 지으며 즉시 설명했다.

"너를 중원으로 데리고 온 가로는 원래 중상을 입고 있어서 중원에 도착하고 얼마 지나지 않아서 죽었다. 가로는 죽기 전에 너를 누군가에게 맡겼는데, 그가 누군진 알지 못했다. 그래서 나는 막부의 가신(家臣) 중에 한 명인 슈고다이묘에게 너를 찾도록 한 것이다."

요시노리는 옆에 서 있는 천존을 가리켰다.

화운성은 천존을 힐끗 쳐다보았으나 그의 표정에서는 아무것도 알아낼 수가 없었다.

"처음에는 너를 찾는 즉시 본국으로 데려올 생각이었다. 그러나 나중에 계획이 바뀌었다."

그는 자신의 계획에 의해서 화운성을 중원에 방치했음에도 추호도 미안한 표정을 짓지 않았다.

대를 위해서 작은 것쯤은 희생시켜도 상관없다는 고정관념을 갖고 있기 때문이다.

"나는 본국보다 더 거대한 제국(帝國)을 통치하고 싶다는 야망을 품게 되었다. 그 야망이 이루어지면 본국은 섬나라를 떠나 대륙으로 진출할 수 있게 된다. 본국의 백성들은 나 아시카가 요시노리 덕분에 노예들을 거느리면서 호강을 누리게 되는 것이다."

화운성이 어이없다는 얼굴로 쳐다보고 있는데도 요시노리는 개의치 않고 자아도취에 빠진 듯 설명을 이었다.

"내가 세운 계획은 최종적으로 나는 본국을, 너는 중원을 통치하는 것이다."

요시노리는 처음에 아우를 찾아서 본국으로 데려오려던 계획이 어째서 중원 침략의 대업으로 바뀌었는지에 대해서도 일언반구 설명하지 않았다.

또한 사실은 천존이 백부가 오십여 년 전에 중원에 심어놓은 다이묘였으며, 자신의 모든 계획이 죽은 백부가 세운 것이라는 사실까지도 말하지 않았다.

죽은 자는 말이 없다. 죽은 사람이 계획한 것도, 그가 이룬 알려지지 않은 공도 모두 산 자의 몫이다.

대신 죽은 자의 과실이나 잘못은 죽은 자의 몫으로 남는다. 그것이 적자생존의 기본 철칙이다.

보통 대부분의 사람들은 중요한 내용을 말할 때에는 그에 걸맞은 표정과 목소리, 그리고 몸짓을 하기 마련인데, 요시노리는 처음의 말투나 표정과 변함이 없었다.

마침내 요시노리의 입에서 '중원 통치'라는 말이 나왔으나 화운성은 더 이상 듣고 싶지 않았다.

그는 상황이 어떻게 돌아가든 간에 자신이 중원인임에는 변함이 없다고 생각했다.

혈통이나 가문은 중요하지 않다. 어디에서 누구와 함께 성장했으며 무엇을 먹고 자랐는지, 그리고 무엇을 보고 배우며 어떤 정서를 품었는지가 중요한 일이다.

그는 자신이 골수까지 사무치도록 중원인이라고 확신하는 것에 변함이 없었다.

"폐일언하고, 궁극적인 목적만 말하마. 우리 무로마치 막부는 본국은 물론이고 중원과 고려 삼국을 점령하여 삼국통일(三國統一)을 이룰 생각이다."

그의 입에서 거침없이 삼국통일이라는 말이 나왔다. 부상국이 중원의 대명제국과 고려국을 점령한다는 어마어마한 대야망이었다.

화운성은 수십 년에 걸쳐서 이루어진 커다란 음모에 대해 조금쯤 알게 된 것 같은 기분이었다. 그렇지만 그들의 가장자리에서 겉도는 것은 여전했다.

"나는 슈고다이묘에게 너를 찾아내서 군주(君主)의 재목으로 키우라는 명령을 내렸다. 그리고 내가 보기에는 그 명령이 제대로 수행된 것 같구나."

요시노리는 감상하듯 눈을 반개하고 화운성의 얼굴과 몸을 살펴보았다.

그렇지만 그는 그때까지도 고려국으로 갔다는 막내동생에 대해서는 말하지 않았다.

"내가 중원에 온 것은 대업을 이룰 시기가 도래했기 때문이다. 중원을 점령하고 나서 네가 황제에 등극하는 것을 보고 본국으로 돌아가겠다."

그는 또한 어떻게 무림과 대명제국을 공격할 것인지에 대해서도 말을 아꼈다.

하지만 그는 중요한 내용을 일부러 말하지 않는다는 느낌이 들지 않도록 말하는 재주를 지닌 듯했다.

"우리는 모든 준비를 완벽하게 마쳤다. 늦어도 한 달 후면 중원대륙은 우리 손에 떨어진다. 네가 새로운 나라의 황제로 등극한 후, 여세를 몰아 고려국을 정벌할 것이다. 그러므로 지금부터의 너의 임무가 막중하다."

그의 말인즉, 아시카가 가문이 부상국과 중원대륙, 그리고 고려국의 삼국을 통치하겠다는 것이다.

그리 길지 않은 설명을 끝낸 요시노리가 이윽고 두 팔을 활짝 벌리며 화운성을 반겼다.

"내 아우 요시아키야, 이십 년 만에 너를 다시 만나니 반갑기 그지없구나."

그러나 화운성은 그에게 안기지 않고 그대로 서 있었다.

혹시 친형이라는 자를 만나서 이야기를 하다가 마음이 흔들리면, 자신이 왜인이라는 사실을 인정하게 되면, 그리고 한걸음 더 나아가서 그들에게 동조하여 중원에 칼을 겨누는 일이 벌어지면 그땐 어떻게 하는가, 라고 조금쯤은 염려했던 화운성이었다.

피는 서로 당긴다고 했다. 그것이 천륜이며 진리라고 사람들은 곧잘 말했다.

그러나 화운성은 그 말이 자신에게는 적용되지 않음을 지금이 자리에서 느끼고 있었다.

그는 지금 자신의 가슴속에서 솟구치고 있는 감정에 충실하기로 마음먹었다.

요시노리의 설명을 다 들었을 때 '이들로부터 중원을 지켜야 한다'라는 생각이, 아니, 사명감이 샘물처럼 솟구쳤다.

친동생이며 조카를 이십 년 동안이나 내팽개쳐 두고 그를 군주의 재목으로 키우려고 했다니, 그런 그들에게 가족 간의 우애나 핏줄끼리의 끌림 같은 것이 있을 리 없다. 있다면 목적을 위한 이용 가치일 뿐이다.

아시카가 가문에게 화운성은 단지 삼국통일에 필요한 이용 가치에 다름이 아닌 존재인 것이다.

요시노리는 자신이 두 팔을 벌렸는데도 화운성이 묵묵히 서 있기만 하자 가볍게 미간을 좁혔다.

그때 화운성은 천천히 그에게 안겼다. 그리고 오히려 그를 마주 안기까지 했다.

"핫핫핫! 요시아키! 드디어 우리는 만났구나!"

마주 볼 때는 몰랐으나 막상 안고 보니까 화운성은 요시노리가 많이 마른 체구라는 것을 깨달았다.

화운성은 요시노리의 심장이 쿵쿵 거세게 뛰고 있는 것을 맞닿은 가슴을 통해서 느꼈다.

'이자는 나를 만나서 진심으로 기뻐하고 있는 것이다.'

교활(狡猾)

그래서 그런 생각이 들었으나, 화운성의 결심을 돌려놓을 정도는 아니었다.

화운성은 요시노리의 어깨에 턱을 얹고 그의 등을 가볍게 두드리다가 문득 천존을 발견했다.

천존은 평소에는 보기 드문 엷은 미소를 입가에 잔잔하게 머금고 있었다.

그러나 전혀 낯선 모습은 아니었다. 드물기는 하지만 화운성은 그런 미소를 이따금씩 봤었다.

그런데 약간 다른 것이 있다. 천존의 수양 깊은 눈빛이 가벼이 일렁거리고 있었다. 그것은 화운성이 단 한 번도 본 적이 없는 눈빛이다.

그렇지만 화운성은 그런 눈빛이 무엇을 뜻하는 것인지는 알고 있었다.

그것은 '교활'이다.

第百三十二章

귀재(鬼才)

대무신
大武神

처음에 공력이 깡그리 사라졌다는 사실을 알았을 때에는 앉아 있는 것조차 힘에 겨웠던 태무악이다.

그러나 인간이란 참으로 기이한 것이라서 시간이 흐르자 그의 정신과 몸이 냉혹한 현실을 받아들이기 시작했다. 즉, 적응을 하고 있는 것이다.

공력을 잃은 사실을 알고 나서 한나절이 지나자 그는 누구의 부축 없이도 혼자 걸을 수 있게 되었다.

세상의 절대다수의 사람들이 공력이라는 것 없이도 끄떡없이 생활을 영위하고 있다는 사실을 태무악은 공력을 잃고 나서야 비로소 알게 되었다.

 그뿐 아니라, 인간이 이룬 대부분의 업적들을 공력이 없는 평범한 사람들이 해냈다는 사실도 더불어 깨달았다.

 그의 적응력은 빨랐다. 그는 자신이 공력을 잃었을 뿐이지 중상을 입거나 죽은 것은 아니며, 아직 정신은 누구보다도 명료하다는 사실을 깨닫고 또 그것에서 위로를 얻었다.

 혼자 움직일 수 있게 된 후 그가 제일 먼저 한 일은 지필묵을 가져오게 하여 한 장의 지도를 그린 것이다.

 그가 지도를 완성한 후 붓을 내려놓자 방문이 열리고 단가상과 백호사자 궁무가 들어섰다.

 궁무는 선뜻 들어오지 못하고 긴장이 역력한 얼굴로 빠르게 주위를 살피면서 조심스럽게 한 걸음씩 내디뎠다.

 "벽력제, 당신답지 않게 겁을 먹은 건가요? 이곳에 당신을 해칠 사람은 없으니까 썩 들어와요."

 의자에 단정하게 앉아 있는 태무악의 옆 팔걸이에 착 달라붙어 앉은 단가상이 그의 어깨에 팔을 두르고 궁무를 보면서 악의없이 놀렸다.

 수양이 깊을뿐더러 산전수전 두루 겪은 백전노장 궁무지만 단가상의 놀림에 슬쩍 얼굴이 붉어졌다.

 다른 자리 같으면 정색을 하겠지만, 이곳에 대명 쟁쟁한 신풍혈수가 있기에 자신도 모르게 나온 반응이다.

"가까이 오시오."

태무악이 조용히 입을 열자 궁무는 더욱 긴장해서 천천히 그에게 걸어가 서너 걸음 앞에 멈추었다.

걸어가는 동안 그는 주눅이 든 자신의 모습을 발견하고 내심 쓴웃음을 지으며 꾸짖었다.

'이미 범의 아가리 속에 들어와 있거늘, 이제 와서 무에 긴장을 한단 말인가?'

화운성에게 찾아가기 전에 죽음을 각오했던 그다.

그런데 화운성이 승명왕부를 떠났다. 그것은 그가 천존에게 갔다는 뜻이고, 궁무가 해준 비밀스러운 얘기가 천존의 귀에 들어갈 것을 의미했다.

그렇다면 궁무는 이미 죽은 목숨이다. 그렇거늘 신풍혈수 앞이라고 해서 주눅이 들 이유가 없는 것이다.

하지만 그렇다고 해서 정신이 느끼고 있는 본능적인 위압감마저 어떻게 할 수는 없었다.

그는 자신의 그런 의기소침함에 반발이라도 하듯 태무악을 정면으로 주시했다.

태무악은 궁무하고는 정반대의 모습이었다. 지나칠 정도로 여유있고 또 평온했다. 또한 무공을 전혀 익히지 않은 사람처럼 보였다.

'설마 저 나이에 이미 초범입성(超凡入聖)의 경지에 들었단 말인가?

　궁무의 눈이 틀리지 않았다면, 지금 태무악의 모습은 무공이라고는 아예 접해보지 않은 사람처럼 보였다.

　중원영웅 신풍혈수가 무공을 익히지 않았다는 것은 말이 되지 않는다.

　얼마 전에 궁무는 그가 자금성에서 신출귀몰하는 것을 똑똑히 두 눈으로 보지 않았는가.

　그렇다면 신풍혈수는 초범입성의 경지에 이른 것이 분명했다. 그렇지 않고는 저렇듯 탈속한 모습일 수가 없다.

　태무악이 공력을 잃어서 그런 모습이 됐으리라고는 추호도 상상하지 못하는 궁무는 결국 그렇게 단정하고 말았다.

　하지만 태무악이 공력을 잃었다는 사실을 모르고 있기는 단가상도 마찬가지였다.

　그녀는 태무악 곁에 찰싹 붙어 앉아서 그의 팔과 어깨를 만지작거리면서 궁무를 지켜보았다.

　지금의 상황하고는 상관없이, 태무악을 쳐다보는 궁무의 머리와 가슴속에서는 오만가지 생각과 만감이 교차하고 있는 중이었다.

　궁무는 무간백구호가 무간옥을 탈출한 직후부터 추적을 시작하여 그가 신풍혈수가 되고 다시 대살성으로 살명을 떨치고, 마침내 중원영웅이 되기까지 줄곧 지켜보았다.

말하자면 태무악의 역사를 보아온 것이다. 그리고 궁무는 지금 그 완성된 모습 앞에 서 있었다.

궁무는 신풍혈수가 무엇 때문에 자신을 만나자고 했는지에 대해 단가상에게서 아무런 얘기도 듣지 못했다.

그런데도 궁무가 선뜻 단가상을 따라나선 이유는 현시점에서 오직 신풍혈수만이 천존을 상대할 수 있으며, 지금의 난국을 타개할 수 있을 것이라고 믿기 때문이다.

궁무는 신풍혈수에게 천존의 음모에 대해서 자신이 알고 있는 것들을 모조리 말해줄 생각이다.

이후에 신풍혈수가 어떻게 할지는 운명에 맡길 뿐이다. 그가 천존의 음모를 분쇄하겠다면 천만다행이고, 그렇지 않더라도 어쩔 수가 없는 일이다.

지금 이 순간의 궁무는 자신의 목숨보다는 중원의 존폐를 더 중요하게 생각하는 갸륵한 마음을 품고 있었다. 그래서 신풍혈수가 천존을 상대하겠다고 나서기만 한다면, 자신의 목숨 따윈 초개처럼 내던질 각오가 되어 있었다.

"거두절미하고 말하겠소."

그때 태무악의 조용한 목소리가 궁무의 복잡한 상념을 단번에 잘랐다.

"나는 당신과 화운성이 승명왕부에서 만나서 나눈 이야기를 직접 다 들었소. 그리고 당신들을 감시하던 부상인자의 입에서 다른 사실도 알아냈소."

"……."

궁무는 움찔 놀라며 말문이 막혔다. 자신이 그토록 은밀하게 화운성에게 접근하여 나눈 대화를 신풍혈수뿐만 아니라 부상인자까지 듣고 있었다니…….

더구나 신풍혈수는 부상인자를 제압해서 뭔가 다른 사실을 알아냈다고 한다.

놀라운 일이지만 신풍혈수가 이미 다 알고 있다니까 한편으로는 적이 안심이 되는 궁무다.

어쩌면 그 일 때문에 자신을 만나자고 했을지도 모른다는 생각이 든 것이다.

"중원을 구하고 싶다고 화운성에게 했던 말을 들었는데, 아직도 같은 마음이오?"

태무악이 조용히 물었다. 조용한 목소리는 천만 근의 무게로 궁무를 압박했다.

'중원을 구하고 싶다'라는 말에 궁무는 희망이 뭉클뭉클 솟구치는 것을 느꼈다.

그는 조금 전에 은거를 결심했었으나 다시 번복했다.

"그렇소."

어제까지만 해도 원수지간이었던 두 사람이다. 그런데 신풍혈수가 먼저 예의를 갖추고 있으니 궁무 역시 언행에서 예의를 갖추었다.

궁무는 지금까지 태무악에게 위압감을 느끼고 있었으나 이제는 자신이 완전히 발가벗겨진 듯한 기분마저 느꼈다. 속속들이 다 까발려졌기에 이제는 터럭만 한 것이라도 숨겨서는 안 될 것 같은 기분이 들었다.

"부상국이 곧 중원을 대거 침략할 것 같소."

"…그게 무슨 말이오? 부상국이라니……."

궁무는 자신이 알게 된 사실들을 정리, 취합하여 천존과 부상국의 장군이 무언가 큰일을 꾸밀 것이라고 예상했다.

그리고 그가 결론을 내린 큰일이란, 천존과 천중신군이 자금성을 몰살시켜서 대명제국의 머리를 자르려는 것이라고 나름대로 짐작했다.

그런데 '침략'이라니, 그것은 나라와 나라 간의 전쟁을 일컫는 것이다.

"부상국의 슈고다이묘들이 모조리 북경성 내에 들어와 있다고 하오."

태무악은 부상인자에게서 알아낸 내용을 이야기했다.

더 이상의 말이 필요하지 않았다. 부상국 무로마치 막부의 가신인 슈고다이묘들이 모조리 이곳에 와 있다면, 천존과 장군의 목적은 하나뿐이다.

"전… 쟁이오?"

백호사자 궁무의 목소리가 자신도 모르게 떨렸다. 그는 다리에 힘이 풀리면서도 계속 중얼거렸다.

"마침내 어르신께서 대명제국을 쓰러뜨려 대륙을 장악하기로 결심을 하셨군."

실내에는 그의 중얼거림만 안개처럼 모호하게 흘렀다.

"어르신께서는 오랫동안 천하를 지배했으나 대명제국만은 어쩌지 못했었는데… 이제 전쟁을 일으키면 어떻게든 결정이 나겠군."

그는 천존이 중원의 적이며, 또한 자신의 적이 됐는데도 오랜 굴종의 습관에서 벗어나지 못하여 그를 여전히 '어르신'이라 부르고 있었다.

태무악은 그의 말을 듣고 문득 이상한 생각이 들었다.

"천하를 가졌으나 대명제국만은 어쩌지 못했다는 말이 무슨 뜻이오?"

"말 그대로요."

태무악의 물음에 궁무는 정신을 수습하지 못한 듯 대수롭지 않게 대답했다.

태무악은 잠시 생각을 정리하고는 입을 열었다.

"천존은 중원천하뿐만 아니라 대명제국마저도 장악했었소. 그랬다가 얼마 전에 모든 것을 잃었소. 지금은 천중신군 실체와 부상국만을 갖고 있다는 말이오."

궁무는 정신을 수습하려는 듯 잠시 호흡을 가다듬고는 고개를 절레절레 가로저었다.

"그렇지 않소. 어르신… 천존이 장악한 것은 예나 지금이나 변함이 없소."

그는 자신의 잘못된 습관을 깨닫고 '어르신'을 '천존'으로 고쳐 불렀다.

"그 말은, 천존이 지금도 예전처럼 천하를 장악하고 있다는 것이며, 또한 지금처럼 예전에도 대명제국을 장악하지 못했었다는 말이오?"

"그렇소."

당금의 천하는 대명제국이 지배하고 있다. 그런데 천존이 대명제국을 장악하지 못했다면 '진정한 의미에서의 천하'를 장악하지 못했다는 뜻이 된다.

하지만 궁무는 천존이 '천하는 장악했는데 대명제국은 그렇지 못했다'라고 말하지 않았는가.

"당신의 말은 천하와 대명제국이 다른 뜻이라는 것이오?"

"그렇소."

"어떻게 다르오?"

궁무는 빠르게 예전의 명쾌함을 되찾아갔다.

"천존이 예전에도 그리고 지금도 장악하고 있는 것은 '눈에 보이지 않는 천하'이고, 대명제국의 지배하에 있는 것은 '눈에 보이는 천하'라는 뜻이오."

"눈에 보이지 않는 천하와 보이는 천하……."

태무악은 중얼거리면서 잠시 생각하더니 말을 이었다.

"보이지 않는 천하라는 것은 돈이나 재물, 세력, 영향력 같은 것이고, 보이는 천하는 땅과 강 등 산하(山河), 건물, 사람 따위를 말하는 것이오?"

태무악이 애매한 말을 명쾌하게 풀어내자 궁무는 가볍게 놀란 표정을 지었다.

"그렇소."

그는 하마터면 자신도 모르게 '과연 오행신체로군!' 하고 감탄을 터뜨릴 뻔했다.

"그것은 대명제국이 천하의 껍데기를, 천존이 알맹이를 서로 장악하고 있는 셈이로군."

"그런 셈이오."

"하지만 껍데기도 알맹이만큼 중요하오. 사람으로 치면, 몸과 정신 둘 다 중요한 것이나 같소."

궁무는 시간이 지나면서 태무악의 뛰어난 총명함에 조금씩 익숙해지고 있었다.

그런 사람과의 대화는 불필요한 군더더기가 없으며, 진전이 빠르고 생략된 것이 많다.

궁무는 지금껏 그런 사람을 오직 한 명 만나봤다. 그는 바로 천존이다.

"그렇소. 천존은 여태 천하의 알맹이만 장악하고 있었는데 이제는 껍데기까지 가지려 하고 있소."

아무리 오행신체지만 태무악은 추측의 한계를 느꼈다.

"그의 알맹이는 천중신군이 아니었소? 하지만 그는 현재 천중신군을 제쳐 두고 천중신군의 실체라는 무리들, 즉 변황세력만을 거느리고 있소."

"아니오. 천중신군은 사람일 뿐이오. 돈이나 세력, 영향력은 오직 천존이 거머쥐고 있소."

"사람일 뿐이라고?"

사람이라면 '보이는 천하'에 속한다. 그렇다면 그것은 알맹이가 아니라는 뜻이다. 태무악은 무언가 생각날 듯 말 듯한 표정을 지었다.

"그렇다면… 천존은 천중신군을 버린 것이로군."

태무악의 말을 듣고 깨달은 바가 있는 궁무가 씁쓸하게 중얼거렸다.

"그런가? 그렇군. 그는 쓸모가 없어진 천중신군을 내쳐 버린 것이구려."

태무악은 지그시 눈을 반개했다.

"쓸모없기 때문이 아닌 것 같소."

뜻밖의 말에 궁무는 의아한 표정을 지었다. 태무악이 워낙 상상력이 풍부하고 추리력이 뛰어나서 궁무는 그를 따라가는 것조차 벅찼다.

"천존이 천중신군을 버린 이유가 달리 있단 말이오?"

태무악은 골똘히 생각하는 얼굴로 말했다.

"당신의 알맹이와 껍데기 이론이 맞는다면, 천중신군은 단지 천존이 알맹이를 장악하기 위해서 필요했던 것 같소. 천존이 필요한 것은 알맹이지 천중신군이 아닌 것 같소."

이번에는 궁무가 무언가 생각날 듯한 표정과 뒷머리를 한 대 얻어맞은 듯한 표정을 동시에 지었다.

"나는 천존을 사십 년 전부터 모셔왔소. 그 당시에 그는 천하의 일 할 정도를 장악하는 세력을 지니고 있었소. 그는 나머지 천하의 구 할을 장악하기 위해서 도구와 수단이 필요했고, 그래서 수하들을 끌어모은 것이 천중신군이 됐으며, 천중신군이 점차 커질수록 그의 알맹이도 같이 커진 것이오."

궁무는 무거운 신음을 흘렸다.

"음! 태상사사자의 청룡사자와 현무사자는 죽었고, 주작사자는 스스로 떨어져 나갔으며, 나는 천존으로부터 버림을 받았소. 정확한 것은 확인을 해봐야 알겠지만, 우두머리를 잃은 현재의 천중신군은 뿔뿔이 흩어졌을 것이고, 그들이 기반으로 삼았던 것들도 한꺼번에 잃었을 것 같소. 말하자면 천존이 알맹이를 모두 가졌으므로 천중신군은 뿌리없이 떠도는 신세가

됐을 것이오."

그는 말을 끝내고 단가상을 쳐다보았다. 자신의 말이 어떠냐는 뜻이다.

단가상은 매초롬히 입을 열었다.

"원래 내 휘하에는 주작세림 수백 개의 조직이 있었으나 나는 난봉궁 하나만 챙겨서 나왔어요. 현재 주작세림이 어떻게 됐는지는 내가 알 바 아니죠."

"나도 지금 내 직속인 백호고수 이백여 명만 데리고 있는 상태요. 전체 백호단이 어떤 상황인지는 전혀 신경 쓸 겨를이 없었소."

두 사람의 말은 천중신군이 이제는 쭉정이가 되어 산산이 흩어졌다는 뜻이었다.

"그랬었군."

궁무가 생각하면 분하다는 듯 어금니를 악물었다.

"천존은 철저하게 우리를 이용한 것이었어. 알맹이를 차지하기 위해서."

태무악은 그의 말이 맞다는 듯 가볍게 고개를 끄덕이고 나서 입을 열었다.

"천중신군을 이끌던 태상사사자가 존재하지 않는 상황인 현재의 천중신군은 오합지졸이 됐소."

궁무와 단가상, 그리고 태무악 오른편에 우뚝 서 있는 사군악과 백일낭, 조형구, 사신풍은 진지한 얼굴로 그의 다음 말을 기다렸다.

"천존이 천중신군 실체와 부상국을 앞세워 중원을 침략하려고 한다면 중원인으로 이루어진 천중신군은 그의 적이 될 가능성이 짙소. 하지만 오합지졸이 된 천중신군은 천존에게 아무런 위협도 되지 못할 것이오."

여태까지의 천존은 천하무림의 평화와 질서를 유지시키는 대영웅으로 군림했다.

그래서 무림의 각파가 스스로 그에게 굴종했으며, 천중신군은 기꺼이 그의 휘하에 모여들어 손발이 돼서 온갖 일들을 마다하지 않고 처리했다.

그러나 천존의 음모가 백일하에 드러나고 그가 천중신군과 무림을 단지 이용했다는 사실이 알려지면 천중신군을 비롯한 천하무림은 필경 그의 적이 될 것이다.

궁무는 참담한 표정으로 중얼거렸다.

"한때는 천하무림의 수호신 역할을 하던 천중신군이 이제는 아무짝에도 쓸모없는 천덕꾸러기 오합지졸이라니……."

그는 착잡한 얼굴로 태무악을 쳐다보았다.

"귀하가 이끌고 있는 반천성만이 무림에서 유일하게 천존에 대항하고 있소. 하지만 역부족이오."

그는 '역부족'이라는 말을 꺼냈다가 자신이 실언을 했음을 깨달았다.

신풍혈수만이 유일한 희망인데 그의 의지를 꺾는 말 따윈 삼가야 했기 때문이다.

"천존은 사람이든 무엇이든 그것을 이용하는 데에는 귀재요. 그는 지난 오십여 년 동안 자신의 목적을 이루는 데 필요한 것이라면 그 어떤 것이라도 수단과 방법을 가리지 않았소."

"이용하는 데 귀재라고?"

태무악은 궁무의 말 중에 한 부분을 중얼거렸는데, 그의 눈이 흐릿한 빛을 발하고 있었다.

그는 팔걸이에 팔꿈치를 대고 손으로 이마를 짚은 채 한동안 깊은 생각에 잠겼다가 이윽고 다시 입을 열었다.

"생각해 보시오. 혹시… 천존이 부상국을 이용하고 있을 가능성은 없겠소?"

순간 궁무는 한줄기 거센 뇌전이 정수리를 관통한 듯한 충격을 받고 후드득 몸을 떨었다.

결단코 그런 생각은 한 번도 해본 적이 없는 그다. 그렇지만 태무악의 말대로라면, 궁무가 얼마 전에 새롭게 알게 된 천존에 대한 놀라운 사실들을 모조리 뒤집어엎을 만한 가설(假說)인 것이다.

"좀 더 자세히 말해주시오. 너무 충격적이라서……."

궁무는 정신이 수습되지 않은 상태에서 중얼거렸다.

반면에 태무악은 차분하게 말했다.

"천존이 모든 것을 이용할 수 있는 천부적인 능력을 지닌 인물이라면, 자신의 목적을 달성하기 위해서 부상국마저도 이용할 수 있지 않겠소?"

"그러니까 그 말은……."

"천존이 왜인이 아닐 수도 있다는 말이오."

"아아……."

궁무는 입을 크게 벌리고 한숨 같은 탄성을 흘렸다.

그 순간 얼마 전에 자신이 천존의 거처인 소양거 앞에서 직접 두 눈으로 목격했던 일들이 그의 눈앞에 생생하게 떠올랐다.

그때 천존은 궁무가 처음 보는 부상국의 젊고 오만한 장군 앞에서 몸과 마음을 한없이 조아리는 굴신의 행동을 취했었다.

장군은 천존을 부상국의 '슈고다이묘' 중 한 명이며, 자신의 충신이라고 서슴없이 말했었다.

그 당시에 궁무는 엄청난 충격을 받았다. 천하를 지배하는 천존이 무엇이 아쉬워서 섬나라 부상국의 슈고다이묘의 신분으로 만족하고 있는 것인가, 라는 의문이 먹구름처럼 피어났었다.

설사 천존의 과거 신분이 부상국 슈고다이묘라고 해도, 지금은 엄청난 힘을 가졌으니 부상국의 장군 따윈 안중에 두지 않아도 된다는 생각도 했다.

그런데도 천존은 장군 앞에서 한없이 심신을 조아리며 그의 명령에 따랐다.

이제 와서 생각해 보니, 아니, 신풍혈수의 말을 듣고 보니 그것은 결단코 천존의 모습이 아니었다.

어떤 계책이 있어 자신을 한없이 낮춘 것이다. 마치 맹수가 사냥감을 덮치기 전에 기척도 내지 않은 채 웅크리고 있는 것처럼.

"그렇군. 다시 생각해 보니까 그는… 왜인이 아닐 것이오. 슈고다이묘 따윈 더더욱 아닐 것이오. 여태까지의 천존의 행동으로 미루어봤을 때 그는 장군을… 아니, 부상국을 이용하고 있는지도 모르오."

별로 생각이 없는 단가상마저도 태무악과 궁무의 대화에 놀라움을 감추지 못하고 몸이 버쩍 얼어붙은 모습이다.

태무악은 단지 추리를 하고 있는 것뿐이지만, 궁무는 천존을 사십여 년 동안 모셨다. 그러므로 천존에 대해서 누구보다 잘 알고 있었다.

태무악의 추리와 궁무의 경험이 합쳐지면 가설도 정설(定說)이 될 수 있는 것이다.

"어쩌면 오래전에 천존이 슈고다이묘를 죽이고 그자의 행세를 하고 있는지도 모르오. 아니면… 측근 중에 한 명을 슈고다이묘로 변장시켜서 지난 수십 년 동안 소양거에서 기거하게

귀재(鬼才) 173

하며 부상국과의 관계를 조율했을 수도 있소. 아니, 필경 그랬을 것이오."

궁무는 지금 머릿속에서 먹구름처럼 피어나는 수많은 생각들을 미처 정리할 새도 없이 와르르 쏟아냈다.

"천존은 왜인도 중원인도 아닐 수 있소. 어쩌면 변황인일지도 모르오. 아니, 중원인이면서 천하를 장악하려는 야망을 품고 있는 것일 수도 있소."

그는 횡설수설했지만 그의 말들은 하나같이 다 가능성이 있는 것들이었다.

그때 태무악이 사신풍에게 종이 하나를 주자 그녀가 그것을 궁무에게 갖다주었다.

궁무가 종이를 펼쳐 보니 어떤 지역의 자세한 지도가 그려져 있었다.

"그 종이에는 천존의 아들 부부와 부상국 슈고다이묘들이 머물고 있는 다섯 개 장원이 표시되어 있소."

태무악이 지도를 보고 있는 궁무를 바라보면서 설명했다. 그는 궁무가 도착하기 전에 지도를 그리고 있었다. 부상인자에게 자백받은 내용을 자세히 그려낸 것이다.

"당신이 해줄 일이 두 가지가 있소. 천존 아들 부부와 슈고다이묘들을 한 명도 빠짐없이 내게 데리고 와주시오."

태무악은 자신의 측근을 시켜도 될 일을 궁무에게 시키려고 한다. 그에게도 역할을 주자는 것이고, 과연 그가 진실로 중원 무림을 위하는지 두고 보자는 생각도 있었다.

궁무는 놀란 얼굴로 태무악을 쳐다보았다.

"천존이 슈고다이묘가 아니라면 구태여 그럴 필요가 있겠소? 그들을 납치하여 천존을 협박하는 것은 절대 먹히지 않을 것이오."

지도를 그릴 때까지만 해도 태무악은 그들을 납치하여 천존을 협박할 생각이었다.

하지만 천존이 왜인이 아니고 슈고다이묘가 아니라면 아들 부부는 가짜이거나 천존하고 전혀 상관이 없으며, 슈고다이묘들도 마찬가지일 것이다.

즉, 그들로 천존을 협박하는 것은 전혀 실효를 거두지 못한다는 뜻이다.

그래서 태무악은 생각을 바꾸었다. 그들로 천존이 아닌 부상국 장군이라는 자를 협박할 생각이다. 좌청룡우백호 중에서 하나를 떼어낼 계획인 것이다.

장군이 중원 침략의 뜻을 접으면 천존으로서도 타격을 받을 것이기 때문이다.

"장군을 협박할 생각이오."

"아……."

태무악의 말에 궁무는 나직한 탄성을 흘렸다. 충분히 가능성이 있는 계획이기 때문이다.

"내가 할 일 또 한 가지는 무엇이오?"

궁무는 자신이 태무악의 계획에 깊이 개입되고 있는 사실을 느끼면서 물었다.

"흩어진 천중신군을 모아주시오."

순간 궁무의 얼굴 가득 해연히 놀라움이 떠올랐다. 그는 태무악의 말이 무엇을 뜻하는지 즉시 알아차렸다. 오합지졸이 돼버린 천중신군을 모아서 그들로 하여금 천존과 천중신군의 실체를 상대하자는 것이다.

뿌리가 없어진 그들에게 태무악과 반천성이 뿌리가 되어준다면 얼마 전의 막강한 전력(戰力)을 되찾게 될 터였다.

그러나 그는 곧 표정이 흐려졌다.

"좋은 생각이오만 그들을 얼마나 빨리 그리고 많이 모을 수 있을지는 장담할 수 없소. 그러나 최선을 다해보겠소."

"나도 같이해요."

그러자 단가상이 쾌활한 목소리로 말하며 궁무에게 걸어갔다. 주작사자였었던 그녀가 나서면 주작세림을 모으는 일은 어렵지 않을 터였다.

第百三十三章
대계(大計)

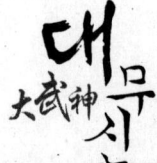

 반천성 청은각에 대명제국의 굵직굵직한 인물들이 속속 모여들었다.

 오군도독부의 대도독과 구문제독부의 도독, 황궁 동창과 서창의 우두머리와 황궁수비대장군, 북경성과 가까운 하북성, 산동성, 강소성의 도지휘사들이 청은각 오층 넓은 대전에 질서있게 도열했다.

 그들의 앞에는 태무악이 의자에 단정하게 앉아 있었는데, 그들 모두는 장장 반나절에 걸쳐서 여러 가지 일들을 상의하고 결정을 내렸다.

* * *

 제일 먼저 소식을 갖고 온 사람은 백호사자 궁무다.

 그는 태무악이 일러준 천존의 아들 부부와 부상국 슈고다이 묘들을 한 명도 빠짐없이 북경성 내의 다섯 개 장원에서 깡그리 잡아들였다.

 그들의 경호는 삼십여 명 정도의 부상인자들이 맡고 있었으나 궁무를 비롯한 백호고수 이백여 명의 급습을 당해내지는 못했다.

 천존의 아들 부부와 슈고다이묘들의 최대 강점은 자신들이 북경성 내에 잠입해 있는 것이 극비라는 사실이었다.

 그들의 존재를 아무도 모른다는 사실은 천군만마가 경호하는 것보다 더 큰 효과를 얻을 수 있다.

 그러나 반대로 누군가 그들의 존재를 안다면, 더구나 어디에 있다는 것까지 자세히 알고 있다면 역효과가 일어난다.

 궁무는 태무악과 헤어지고 나서 한나절 만에 천존의 아들 부부와 슈고다이묘 열두 명을 제압하여 청은각 지하 석실에 감금시켰다.

 "형님께서 큰일을 해주셔야겠습니다."

대명제국의 장군들과의 회담을 마친 태무악은 자리를 옮겨 내실에서 조철악을 비롯한 측근들을 만나고 있었다.

"무악, 너 무슨 일이 있구나."

오랜만에 태무악을 보는 조철악은 그를 보자마자 다짜고짜 따지고 들었다.

"지금 내가 느낀 것이 맞느냐? 엉?"

그는 자리에 앉지도 않은 채 흥분한 얼굴로 태무악에게 바짝 다가들었다.

그는 태무악을 보는 순간 그가 공력을 잃었다는 사실을 간파한 것이다.

그러나 태무악이 그 사실을 측근들에게 말하지 않았을 것이라 여기고 노골적으로 묻지 못하고 에둘러 물었다.

"그렇습니다. 형님께서 보신 대로입니다."

"이 녀석! 어쩌다가 그리됐느냐?"

조철악은 이성을 잃은 것처럼 큰 소리를 쳤다. 기껏 에둘러서 말해놓고는 태무악을 쥐 잡듯이 몰아붙이고 있었다.

실내에는 조철악을 비롯하여 태무악의 실세 측근들이 모두 모여 있었다.

그러나 그들 중에서 태무악이 공력을 잃었다는 사실을 알고 있는 사람은 사군악과 백일낭, 조형구, 사신풍뿐이다.

우란은 삼풍호개와 함께 간 후 아직 연락이 없다.

단유랑과 강탁, 철장신개, 청운자, 분광검협, 하연, 소봉, 개방삼죽로, 유림, 유청 등은 조철악이 무슨 말을 하는 것인지 어리둥절해할 뿐이다.

"형님, 호개가 오면 그를 따라가십시오. 그가 형님께서 해주실 일을 설명할 겁니다."

태무악이 조용히 말하자 조철악은 씨근거리다가 간신히 감정을 억누르며 자리에 앉았다. 하지만 그때부터 태무악에게서 잠시도 시선을 떼지 않았다.

이후 태무악은 현재 천존이 천중신군의 실체와 함께 북경성에서 멀지 않은 곳까지 와 있으며, 그의 음모와 부상국 장군 등에 대한 내용을 모두에게 자세히 설명해 주었다.

태무악이 예전하고는 달리 패기도 없고, 지나치게 차분한 모습에 모두들 의아하게 생각했다.

그러나 그가 워낙 상상 불허의 행동을 자주 해왔기 때문에 그다지 이상하게 여기지는 않았다.

아니, 그보다는 그가 설명해 준 내용이 너무 엄청나서 그의 변한 모습에 신경을 쓸 여유가 없었다.

"천중신군이 반천성에 편입될 것이오. 여러분은 그들을 각 조직에 적절하게 배치해 주시오."

태무악은 그렇게 말하고 백호사자가 우리 편이 됐으며, 단가상과 함께 천중신군을 모으고 있다는 설명을 덧붙였다.

그는 엄청난 충격에 이어서 한줄기 희망을 주는 것을 잊지 않았다.

"계획대로만 되면 천존을 고립시킬 수 있을 것이오. 즉, 천존과 천중신군의 실체만 남을 것이라는 뜻이오."

태무악이 공력을 잃은 지 하루가 지나기도 전인 그날 늦은 밤에 삼풍호개가 반천성으로 돌아왔다.

그는 사도옥이 간 곳을 정확하게 알아냈다. 그녀가 있는 곳이 또한 천존이 있는 곳이기도 했다.

그는 천존이 있는 장소를 찾아내기 위해서 개방 전체의 능력을 총동원했으나 구태여 그럴 필요가 없었다.

천존은 북경성이 가까워지자 애써 자신들을 감추려고 하지 않았다.

그렇다고 자신들을 드러내려고 하지도 않았고, 그저 자연스러운 한 무리의 상단(商團)처럼 행동했다.

그래서 아무것도 모르는 사람들은 그들이 장사꾼인 줄 알지만, 무림의 일에 삼풍호개 정도의 관심이 깊은 사람이라면 어렵지 않게 찾아낼 수 있었다.

"사도옥이나 화운성을 직접 확인하지는 못했네. 그렇지만 그들 두 사람이 가면 어딜 가겠나? 천존 무리에 섞여 있는 것이 분명하네."

삼풍호개의 자신만만한 말에 태무악은 고개를 끄덕였다.

"철악 형님에게 그 장소를 알려주고 아무도 모르게 사도옥을 내게 데려와 달라고 말하게. 그리고 도움이 될 테니까 천절위사 여덟 명을 데려가라고 하게."

태무악은 천존의 최측근이었던 삼천절대 중현의 심복 수하 열 명의 천절위사 중 부모를 능욕한 구절위사와 십절위사를 죽이고, 나머지 여덟 명의 심지를 제압하여 오래전부터 종처럼 부려오고 있는 중이었다.

그들은 심지가 제압된 이후 스스로 창조적인 생각을 하는 능력은 없어졌으나 태무악이 명령한 일은 기가 막히도록 깔끔하게 처리했다.

"형님께 다른 말은 하지 말게."

괜히 사도옥이 태무악을 강간하여 공력을 흡수했다고 말했다가는 분기탱천한 조철악이 무슨 짓을 할지도 모르기에 삼풍호개에게 입조심을 시켰다.

"알겠네."

태무악은 삼풍호개가 자신을 빤히 쳐다보면서 뭔가 할 말이 있는 듯 머뭇거리자 궁금한 듯 물었다.

"할 말이 있나?"

"아… 아닐세."

삼풍호개는 우란을 천존 근처에 남겨두고 왔다는 말을 할까

말까 망설이다가 그만두었다.

우란이 만약 삼풍호개가 태무악에게 그 사실을 말하면 삼풍호개를 죽이고 자신도 죽겠다고 협박을 하던 모습이 떠올랐기 때문이다.

물론 말을 하지 않은 것은 그녀의 협박이 무서워서가 아니라 그 말을 할 때 그녀의 모습이 너무도 절박했던 것을 기억하고 있기 때문이다.

태무악은 삼풍호개가 당황하는 것이 마음에 걸렸으나 지금은 그런 것을 일일이 신경 쓸 마음의 여유가 없었다.

사도옥의 부친이자 천존의 아들 행세를 해온 사도헌은 제법 한 가닥 하는 무공을 지니고 있었다.

그러나 백호사자 궁무에게 제압당해서 청은각 지하 석실에 감금되고 나서는 목숨을 구걸하는 가련한 신세로 전락하고 말았다.

사도헌 부부는 죽지 않으려고 자신들이 알고 있는 것들을 시시콜콜한 것까지 봇물 터지듯 모두 쏟아냈다.

그들의 말에 의하면 그들은 뜻밖에도 왜인이었다.

두 사람은 실제 부부인데, 부상국 어느 다이묘의 작은 봉토(封土)를 관리하는 소영주(小領主)로, 원래 이름은 나카가와 요시야스[中川吉康]였다.

만약 그들이 부상국의 사무라이나 인자였다면 이처럼 쉽사리 자백을 하지는 않았을 것이다.

자백에 의하면, 나카가와 부부는 친아우 요시아키를 찾아오라는 요시노리의 친서를 가지고 중원으로 왔고, 오십여 년 전에 요시노리의 백부가 중원에 심어놓은 슈고다이묘를 찾으러 가던 중에 우연히 한 인물을 만나게 되었다.

그 인물의 이름은 사도중천(司徒中天)이라고 하는데, 그가 바로 천하무림의 절대자 천존이다.

인품 좋고 해박하며 친절한 사도중천에게 호감을 느낀 나카가와 부부는 그와 함께 여행을 하는 동안 자신이 누구며 무엇 때문에 중원에 왔는지 자세히 설명을 해주었다.

이후 사도중천은 나카가와 부부와 함께 중원을 횡단하며 많은 도움을 주었고, 함께 악양에서 태극신문이라는 소문파를 운영하고 있는 슈고다이묘를 만나기에 이르렀다.

나카가와는 태극신문의 슈고다이묘에게 요시노리의 친서를 직접 전해주었다.

그러나 그는 여행 중에 천존이 친서를 몰래 봤다는 사실을 전혀 눈치채지 못했다.

다음날 아침 슈고다이묘는 요시노리의 동생 요시아키를 찾아 나섰다.

하지만 기실 그는 전날의 슈고다이묘가 아니었다. 천존이 슈고다이묘를 죽이고 감쪽같이 그로 변신을 한 것이다.

나카가와는 천존이 슈고다이묘로 변신을 한 줄은 까마득히 모른 채 그가 아무 말도 없이 떠나갔다고 여겨 몹시 서운하게 생각했다.

그러나 나카가와가 슈고다이묘가 가짜라는 사실을 알아차리는 데에는 그리 오래 걸리지 않았다.

슈고다이묘가 부상국에 대해서 잘 모르는데다 왜어도 원활하지 않았기 때문이다.

그러자 슈고다이묘, 즉 천존은 나카가와가 혹할 제안을 내놓았다. 장차 나카가와를 부상국의 천황(天皇)으로 만들어주겠다는 엄청난 제안이었다.

그리고 악양의 태극신문은 물론이려니와 백만 냥의 황금까지 한꺼번에 턱 안겨주었다.

그것으로 나카가와는 천존의 사람이 되어 이후부터는 죽으라면 죽는 시늉까지 하게 되었다.

사도옥은 천존의 친손녀다. 아들인 사도헌 부부의 생사는 알지 못하고, 어느 날 천존이 두어 살쯤 된 어린 여자아이를 안고 와서 나카가와 부부에게 친딸처럼 키우라고 했다.

원래 자식들을 부상국에 두고 온 두 사람은 사도옥에게 사랑을 듬뿍 쏟으면서 정말 친딸처럼 키웠다.

나카가와 부부는 많은 것을 알고 있지 못했으나 중요한 몇 가지를 태무악에게 말해주었다.

여태까지 악양 태극신문 소양거에서 기거하던 천존은 가짜였으나 지금 북경성으로 향하고 있는 천존은 진짜 사도중천이라는 것.

사도중천이 중원인이 아니고 변황 세력의 하나인 여진족(女眞族)이라는 것.

그리고 나카가와는 북경성에서 부상국의 슈고다이묘들과 함께 기거하면서 그들로부터 하나의 정보를 들었다.

그것은 넉 달 전에 부상국을 출발한 일천 척의 전함(戰艦)에 무려 오십만 명의 왜군(倭軍)이 탑승하여 현재 중원의 동쪽 해안선에서 이백여 리 떨어진 먼 바다에 정박 중이라는 사실이다.

한 번 부상국을 배신한 적이 있는 나카가와 부부는 태무악이 목숨을 살려주고 또 중원에서 호의호식하면서 살게 해주겠다는 약속에 또다시 천존을 팔았다.

"우란이 사라졌다고?"

주령을 호위하고 있는 단예와 교대를 해주러 자금성으로 간 우란이 감쪽같이 사라졌다는 보고에 태무악은 잔뜩 눈살을 찌푸렸다.

태무악은 단예가 우란하고 교대를 하고 반천성으로 돌아오면 그녀에게 긴히 시킬 일이 있었는데 계획이 어그러지고 말았다.

공력이 사라지지 않았다면 자신이 직접 하면 되는데 그렇지 못하니까 답답한 노릇이었다.

무인이 무공을 잃은 것은 죽은 것보다 더한 고통으로 비유될 정도로 지독하다.

그런데 태무악은 그런 고통을 느낄 겨를조차도 없었다. 자신이 나서지 않으면 천존에 대한 복수도, 주령을 지킬 수도 없기 때문이다.

"무악아, 도대체 왜 그래? 꼭 우란이나 단예만 할 수 있는 일이야?"

태무악이 이맛살을 찌푸리자 옆에서 보고 있던 백일낭이 궁금한 얼굴로 물었다.

"그렇군."

태무악은 백일낭을 쳐다보다가 표정이 밝아졌다.

"낭이 너, 무영투공 할 수 있지?"

"당연하지. 그런데 그건 왜?"

"너 화운성에게 좀 다녀와야겠다."

백일낭의 눈이 조금 커졌다.

"화운성은 천존과 함께 있잖아."

"그래. 무영투공과 귀식대법을 병행해 전개해서 잠입하면 될 거야. 천존이나 측근 근처에만 가지 않으면 발각될 염려는 없을 것이다."

백일낭은 고개를 끄덕였다.

"알았어. 한데 가서 뭘 어떻게 하면 되지?"

태무악은 우란과 단예에게 무영투공을 가르쳤기 때문에 화운성에게 접근하려면 그녀들이 필요했다.

그런데 무간자들 중에서도 상위에 속하는 사람들이 무영투공을 할 수 있다는 사실을 잠시 잊고 있었던 것이다.

슥―

"이걸 화운성에게 전해줘라."

태무악은 미리 써두었던 서찰을 내밀었다.

"알았어. 다녀올게."

백일낭은 즉시 일어섰다.

"나도 간다."

실과 바늘 같은 조형구도 따라 일어섰다.

방문을 향해서 걸어가는 두 사람에게 태무악이 당부했다.

"만약 화운성을 만나지 못하면 장군이라는 자에게 직접 서찰을 전해라."

"맡겨둬."

* * *

뚝.

방문을 막 열려고 팔을 뻗던 화운성의 동작이 멈추었다. 방문 너머에서 흘러나오는 목소리 때문이다.

"시체는 눈에 띄지 않게 처리해라."

천존이 측근에게 내리는 명령이다. 화운성은 그 말 전에 '여황'이라는 말을 분명하게 들었다.

'여황'이라면 주령을 가리키는 것이다. '시체는 눈에 띄지 않게 처리해라'는 말은, 즉 여황을 죽이라는 뜻이다.

화운성은 내심 크게 놀라고 충격을 받았으나 방문 밖에서 머뭇거리는 것을 천존이 모를 리가 없다.

그는 잠시 멈췄던 손을 뻗어 방문을 열고 안으로 들어가면서 자신이 혹시 놀란 표정을 짓고 있는 것은 아닌지 걱정을 했다.

"부르셨습니까. 사부님?"

천존은 창가의 의자에 앉아서 차를 마시고 있다가 들어서는 화운성을 보며 고개를 끄덕였다.

"옥이는 어떠냐?"

실내에는 천존 혼자뿐이다. 방금 그에게 명령을 받은 자는 화운성이 들어오기 전에 사라진 것이 분명했다.

"방에서 쉬고 있습니다."

화운성은 표정에 신경을 쓰면서 천존의 두 걸음 앞에 멈추면서 공손히 대답했다.

"앉아라. 사부가 너에게 의논할 일이 있다."

'의논?'

화운성은 앉으라는 단순한 말을 금방 이해하지 못할 정도로 적이 놀랐다.

천존은 언제나 명령을 내렸을 뿐이지 의논 같은 것은 한 적이 없었기 때문이다.

천존이 왜 앉지 않느냐는 듯이 쳐다보자 그제야 화운성은 조심스럽게 천존의 맞은편 의자에 앉았다.

"올겨울은 꽤 춥겠구나."

"네."

화운성이 자신을 예전 같은 존경심으로 대하지 않는다는 사실을 아는지 모르는지 천존은 창밖을 바라보며 조용히 입을 열었다.

화운성은 천존의 시선을 따라 창밖을 바라보다가 얼굴빛이 가볍게 흐려졌다.

밤이지만 보름달이 떴기 때문에 창밖은 비교적 환해서 저 멀리 강이 보였고, 강 건너 야트막한 언덕 위에 두 채의 웅장한 성채가 나란히 서 있는 것이 보였다.

강은 영정하이고 강 건너 두 채의 성채는 반천성과 제이 반천성이다.

지금 화운성과 천존이 있는 장원은 영정하 서쪽 강변에 위치한 한 채의 장원이다.

영정하를 사이에 두고 십여 리 정도의 거리에 당대의 일대 효웅(一代梟雄) 천존과 중원영웅 신풍혈수, 즉 침략하려는 자와 지키려는 자가 마주하고 있는 것이다.

"사부는 평소에 네가 옥이를 잘 보살펴 주어서 고맙게 생각하고 있다."

문득 천존은 강 건너 반천성에 시선을 고정시킨 채 나직이 읊조리듯 중얼거렸다.

"제자가 미거하지만 나름대로 열심히 옥이를 보살피고 있습니다."

의논이라는 것이 사도옥에 관한 것인가? 라고 생각하며 화운성은 공손히 대답했다.

"네가 보기에는 옥이를 사내에게 보내도 괜찮겠더냐?"

"……."

'사내에게 보낸다' 라는 것은 두말할 필요도 없이 사도옥을 혼인시키겠다는 것이다.

화운성은 몸도 정신도 경직되어 적이 놀란 표정으로 천존을 쳐다보았다. 그가 왜 갑자기 그런 말을 하는 것인지 이해할 수가 없었다.

손녀의 혼사 문제는 북경성을 목전에 두고 나눌 대화로는 적절하지가 않기 때문이다.

화운성이 쳐다보고 있는 것을 알 텐데도 천존은 시선을 반천성에 둔 채 말을 이었다.

"나는 왜인이 아니다. 슈고다이묘나 장군의 수하 같은 것은 더더욱 아니지."

사도옥을 사내에게 보내도 되겠느냐고 묻더니, 전혀 관계가 없을 듯한 내용으로 화제를 바꾸었다.

"……"

화운성은 다시 한 번 크게 놀라 할 말을 잃었다. 천존이 왜인도 슈고다이묘도 아니라는 사실도 놀랍지만, 그가 그런 말을 서슴없이 하고 있다는 사실에 더 놀랐다.

누군가 진실을 말할 때는 그다음에 반드시 큰 결정을 내려야 할 일이 발생한다.

그런 것을 잘 알고 있는 화운성이기에 자신도 모르게 바짝 긴장했다.

한 번도 경험해 보지 못했던 일은, 한 번도 경험해 본 적이 없는 결과를 왕왕 초래할 수 있기 때문에, 실수를 하지 않기 위해서이다.

"나는 여진족의 대족장(大族長)이다. 다른 나라에서는 왕이나 황제라고 칭하지만 우리 여진족은 마땅한 나라가 없기 때문에 최고 지도자를 대족장이라고 칭한다."

화운성은 적잖이 놀란 얼굴로 천존을 바라보았다. 문득 그의 완고하기만 한 얼굴이 한순간 잠깐 동안 군림자(君臨者)처럼 보였다.

천존이 왜인이 아니라는 사실만으로도 충분히 놀라운 일인데 그가 여진족의 대족장이라는 사실에, 화운성은 자신의 표정이 어떻게 변하고 있는지 신경을 쓰지 못할 정도로 놀라고 있었다.

화운성이 아는 지식으로는 여진족은 여직(女直)이라고도 부르는데, 남북조 시대의 물길(勿吉), 말갈(靺鞨)과 같은 계통의 종족이었다.

한때 수많은 여진 부족이 하나로 통일되어 강성해져서, 거란(契丹)을 멸망시키고, 이어서 고려를 공격하여 신하의 나라로 삼았으며, 중원대륙의 북쪽 지대를 점령하여 금(金)나라를 세우기도 했었다.

그러나 여진족의 영화는 너무 짧았다. 몽골족이 여진의 금나라를 멸망시키고 중원에 원(元)나라를 세우자 여진족은 다시 과거의, 아니, 과거보다 더 못한 궁핍한 부족 생활로 되돌아갈 수밖에 없었다.

그런데 천존이 그 여진족의 대족장이라는 것이다.

화운성은 기이한 긴장감 때문에 온몸이 경직되고 머릿속에는 살얼음이 언 것 같은 상태가 되었다.

천존의 신분도 놀랍지만, 그가 무엇 때문에 갑자기 솔직해졌는지가 더 궁금하고 놀라웠다.

"내가 너에게 왜 이런 이야기를 하는지 궁금하냐?"

"네."

천존은 반천성에서 시선을 떼지 않았다.

"나는 모든 준비를 끝냈다. 늦어도 한 달 후에는 나는, 아니, 우리 여진족은 천하를 지배하게 될 것이다."

화운성은 더 이상 완고할 수 없는 표정의 천존의 옆얼굴을 조심스럽게 주시했다.

신선 같은 용모에 청수한 인상을 가진 초로의 인물이 거기에 있었다.

화운성은 어쩌면 저 모습조차도 천존의 본모습이 아닐지 모른다고 생각했다.

그렇지만 지금 앞에 앉아서 말을 하고 있는 사람이 천존인 것만은 분명하다고 생각했다.

사제지간이면서도 화운성이 가짜가 아닌 진짜 천존을 만난 것은 그다지 많지 않았다.

진짜 천존은 화운성에게 무공을 전수할 때만 며칠 단위로 소양거에 머물렀다.

나머지 대부분은 가짜 천존이 소양거를 지켰으며, 그럴 때면 화운성은 소양거에 얼씬도 하지 않았고, 천존도 그를 부르지 않았다.

"여진족은 해서여직(海西女直)과 건주여직(建州女直), 야인여직(野人女直)의 수백 개 부족으로 이루어졌는데, 나는 그것들을 하나로 일통시킨 후 중원을 도모하기 위해서 준비를 하느라 오십여 년이 걸렸다."

시간이 지나자 화운성은 점차 놀라움이 가라앉으면서 침착함을 되찾았다.

"너는 사부가 무림에서 천존이라고 불린다는 사실을 이미 알고 있겠지?"

"그렇습니다."

대답을 원하는 물음이 아니기에 침묵하고 있어도 되지만 화운성은 굳이 대답을 했다. 어쩌면 그것은 작은 반발 같은 것일 수도 있다.

사부의 가면을, 진짜 정체를 내가 알고 있다라는, 지금의 그가 할 수 있는 최소한의 항변 같은 것이었다.

"네가 무림에 나간다고 했을 때 제지하지 않은 것은 너도 나에 대해서 어느 정도까지는 알 때가 됐다고 생각했기 때문이다."

천존은 화운성이 무림을 주유하다 보면 어떤 경로로든 사부의 정체에 대해서 알게 될 것이라고 예상했던 것 같았다.

그것을 예상했다는 것은 천존이 대업을 완성시킬 때가 도래했음을 의미하기도 한다.

"나는 천하를 장악했다. 천하의 중요한 요소요소에는 여진족 수하들을 앉혔다. 그들은 천하의 상권을 움직이고, 수십 개 성과 수백 개 현의 실권을 쥐고 있다. 그러나 아직 대명제국을 무너뜨리진 못했다. 대명제국이 쥐고 있는 황권과 천하 곳곳의 권력과 백오십만 군대를 괴멸시키지 못했다."

천존은 대명제국을 완벽하게 장악하는 작업을 하기 위해서 선덕제를 죽이고 허수아비 정통제를 황제에 앉혔으나 뜻대로 되지 않았다.

정통제가 천존의 명령에 잘 따라주지 않은 것이다. 그래서 결국 정통제마저도 암살했으나 그때부터 계획이 삐꺽거리게 되어 지금에 이르렀다.

만약 정통제가 고분고분하게 천존의 말을 잘 들었다면 이미 몇 년 전에 천하와 대명제국은 천존, 아니, 여진족의 수중에 떨어졌을 테고, 이 땅에 여진족의 나라가 두 번째로 세워졌을 것이다.

천존은 차가 다 식었으나 마시지도 않으면서 계속 손에 쥐고 있었다.

"현재 북경성 동북쪽과 북쪽, 서쪽에는 여진의 대군 삼십만과 내가 복속시킨 몽골의 대군 이십만이 대기하고 있으며, 동해바다에는 부상국의 왜군 오십만이 명령을 기다리고 있는 중이다."

"……!"

화운성의 눈과 입이 커졌다. 그는 사실 천존이 어떻게 대명제국을 무너뜨릴지 구체적으로 알지 못했다.

그런데 그것이 방금 전에 두꺼운 빙하 속에서 얼음을 뚫고 위로 솟아오른 것이다.

여진과 몽골, 부상의 연합군이 무려 백만이다.

대명제국은 백오십만 대군을 거느리고 있으나 지금은 전시가 아니기 때문에 대부분 국경 지대나 변방, 천하 곳곳의 백여 개의 위(衛)에 분산되어 있는 상태다.

북경성 주위 오백여 리 내에는 기껏해야 십만 정도의 군사밖에 없을 것이다.

아니, 동북과 북, 서북의 국경 지대에 주둔하고 있는 군사가 대략 이십만 정도지만, 천존의 백만대군을 막기에는 역부족일 것이다.

"나는 내일 이른 아침에 동이 트는 것을 신호로 공격 명령을 내릴 것이다. 백만대군은 중원의 동쪽과 서쪽, 북쪽을 파죽지세로 짓밟으며 늦어도 보름 안에 북경성에 입성하게 될 것이다."

"보름……."

화운성은 너무 놀라서 자신이 입 밖으로 소리를 내고 있다는 사실마저 인지하지 못하고 중얼거렸다.

"이후 자금성을 접수하고 북경성을 중심으로 산동성과 하남성 정도를 안정시키는 데 보름 정도가 소요된다고 보면… 지금부터 한 달이면 천하는 내 손안에 들어온다."

한 달 이후의 일을 상상하면서도 천존은 희미한 미소조차 짓지 않았다.

화운성은 극도로 긴장한 상태에서도 어떻게든 전쟁만은 막아야 한다고 생각했다.

전쟁이 벌어지면 천하는 아비규환에 빠질 것이고, 수만 수십만의 무고한 인명이 죽임을 당할 것이다. 무슨 일이 있어도 그런 사태가 벌어지는 것만은 막아야 하는 것이 자신의 사명이라고 그는 판단했다.

"반천성에 천하의 군웅들이 운집했습니다."

그래서 화운성은 무림도 호락호락하지만은 않다고 조심스레 운을 떼어보았다.

씨도 먹히지 않겠지만 그마저도 하지 않으면 자신이 너무 초라했기 때문이다.

"내겐 혈육이 없었다."

천존은 또 뜬금없는 말을 했다.

"대륙을 점령한 후에 너에게 천하를 맡기고, 나와 무악은 또

다른 세상을 정벌하려는 계획을 갖고 있었다."

화운성은 눈을 크게 뜨고 천존을 쳐다보았다. 그의 입에서 무엇 때문에 오행신체인 태무악이 필요했었는지에 대한 설명이 나오고 있었다.

그는 태무악을 '무악'이라고 친근하게 불렀다. 그것은 마치 아버지가 아들을 부르는 것처럼 들렸다.

"허허헛! 그런데 무악 그 녀석이 그 정도로 거세게 반발할 줄은 예상하지 못했다."

그는 자신의 제일 대적(大敵)인 신풍혈수에 대해 말하면서도 몹시 즐거운 듯 너털웃음을 터뜨렸다.

화운성으로서도 좀처럼 볼 수 없었던 웃음이다. 그것은 여유있는 자만이 취할 수 있는 행동이다.

"어쨌든 나는 예전에도 그랬고, 지금도 그 녀석을 적으로 여기지 않는다."

화운성은 설마 자신과 태무악이 친구가 되었다는 사실을 천존이 알고 있는 것이 아닌가 하고 의구심이 생겼다.

"이후에 옥이가 생겼지. 그 아이가 사내였으면 더 좋았겠지만 계집아이라도 상관이 없었다. 무악을 옥이의 배필로 삼으면 될 테니까 말이다."

"신풍혈수가 오행신체이기 때문입니까?"

"그것은 절반의 이유다. 나머지 절반은 무악을 손녀사위로 삼아 서역정벌(西域征伐)에 동행하려고 했다."

화운성은 천존이 제이의 성길사한(成吉思汗:칭기즈칸)이 되려 한다는 사실을 비로소 알게 되었다. 그는 중원대륙만으로는 만족하지 않는 것이다.

그의 계획은 천하를 정복한 후 화운성에게 맡기고, 자신은 태무악과 사도옥을 데리고 서역정벌에 나선다는 것이다.

그런데 태무악이 중원영웅 신풍혈수로서 천존의 제일 대적이 되어 있는 것이다.

문득 화운성은 천존의 입가에 흐뭇한 미소가 머금어져 있는 것을 발견하고 의아한 표정을 지었다.

'그런데 저 미소는 무엇을 뜻하는 것이지?'

천존은 그의 의문을 아는 듯 곧 설명을 해주었다.

"내가 생각했던 것보다 좀 이르기는 하지만 옥이와 무악이 부부지연을 맺었으니 그것으로 됐다."

'아!'

화운성은 깜짝 놀라서 하마터면 입 밖으로 탄성을 터뜨릴 뻔했다.

사도옥과 태무악이 정사를 한 것을 천존이 어떻게 안 것인가? 하고 의아하게 생각하다가 곧 실소를 흘렸다.

천존이 사도옥을 진맥해 보면, 아니, 안색만 봐도 그녀의 구음절맥이 완치됐다는 사실을 알 수 있었을 것이다.

그것은 곧 사도옥이 오행신체인 태무악과 몸을 섞었다는 사실을 대변하는 것이 아니겠는가.

"허허… 무악이 공력을 옥이에게 뺏겼으니 지금쯤 맥이 빠져 있을 게다. 하지만 모든 일이 마무리되고 나면 공력을 다시 되찾게 해주어야지."

화운성은 벌린 입을 다물지 못했다. 천존의 계획을 다 알고 나니 태무악이나 자신이 그의 손바닥 안에서 놀았다는 생각을 떨쳐 버릴 수가 없었다.

천존의 계획은, 아니, 대계(大計)는 실로 경악스러울 만큼 원대하고도 원대했다.

그가 천하정복에 만족하지 못하고 제이의 성길사한이 될 야망을 품고 있으리라고는 화운성은 꿈에서도 상상하지 못했다.

화운성은 아연실색한 얼굴로 천존을 쳐다볼 뿐 머릿속이 텅 빈 것 같았다.

"어떠냐? 네 생각에는 옥이가 무악의 부인으로서 잘할 수 있을 것 같으냐?"

다시 처음의 물음으로 돌아갔다. 달라진 것이 있다면 옥이를 '한 사내'에게 보낸다는 말에서 '무악'으로 바뀌었고, 천존의 표정이 몹시 밝아졌다는 것이다.

화운성은 퍼뜩 정신을 차렸다. 아니, 정신을 차리려고 필사적으로 노력했다.

"…네. 옥이는 잘해낼 것입니다."

그래서 겨우 그런 대답밖에 할 수가 없었다.

그가 바라보니 천존의 모습이 아까보다 훨씬 더 거대하게 느껴졌다.

반대로 자신은 한없이 왜소하고 무능한 존재라는 생각이 들어 비참한 기분마저 들었다.

아니, 자신뿐만 아니라 태무악까지도 천존에 비하면 더없이 나약한 존재로 여겨졌다.

"허허… 옥이가 벌써 여자가 다 됐구나."

오늘 천존은 많이 웃고 있었다. 아무래도 내일 이른 아침의 총공격과 그로 인한 결과를 예견하고 있기 때문일 것이다. 그런 것을 보면 그도 감정을 갖고 있는 인간이 분명했다.

그의 계획은 추호도 빈틈이 없이 완벽했다.

그는 여진족을 일통시킨 대족장이다. 이어서 원나라를 일으켰던 몽골을 굴복시켰으며, 중원의 실세를 장악했고, 부상국까지 끌어들였다.

그에 비하면 태무악은 초라하기 짝이 없다. 천존의 세력이 월광이라면 태무악의 반천성은 반딧불에 불과했다.

모든 것은 천존의 계획대로 착착 진행되고 있다. 태무악도, 화운성도, 사도옥도 모두 그의 계획 안에 있었던 것이다.

다만 태무악이나 화운성이 그 사실을 모르고 있었을 뿐이다.

"알았다. 그만 가봐라."

천존의 말에 화운성은 미처 정신을 수습하지 못한 상태에서 일어나 방문 쪽으로 걸어가다가 우뚝 걸음을 멈추고는 몸을 돌렸다. 불현듯 한 가지가 생각난 것이다.

"장군은… 어떻게 하실 생각입니까?"

왜 갑자기 장군 요시노리의 향방이 궁금해졌는지 알 수 없는 일이다.

천존은 아까처럼 창밖 반천성에 눈길을 주고 있었다.

"나는 부상국도 내 통치 아래에 두고 싶다."

그의 목소리는 잔잔했으나 그가 말한 내용은 충격적이었다.

그의 말은 장군을 죽이겠다는 뜻이다.

장군을 죽이지 않고는 부상국을 자신의 통치 아래 둘 수는 없는 일이다.

장군의 친동생 앞에서 그는 추호도 망설이지 않고 형을 죽이겠다고 말했다.

화운성은 아무 말도 하지 않고 공손히 허리를 굽힌 후에 방을 나왔다.

장군을 죽이겠다는 말을 듣고서야 그는 왜 장군에 대해서 천존에게 물었는지 생각났다. 단지 궁금했기 때문이다.

그리고 방문을 닫을 때 그는 한 가지 사실을 더 생각해 내곤 안색이 급변했다.

'이런 맙소사!'

천존의 수하가 주령을 죽이러 갔다는 사실을 그제야 생각해 낸 것이다.

명석한 그가 그런 중요한 사실을 망각하고 있었을 정도로 천존의 말은 충격적이었다.

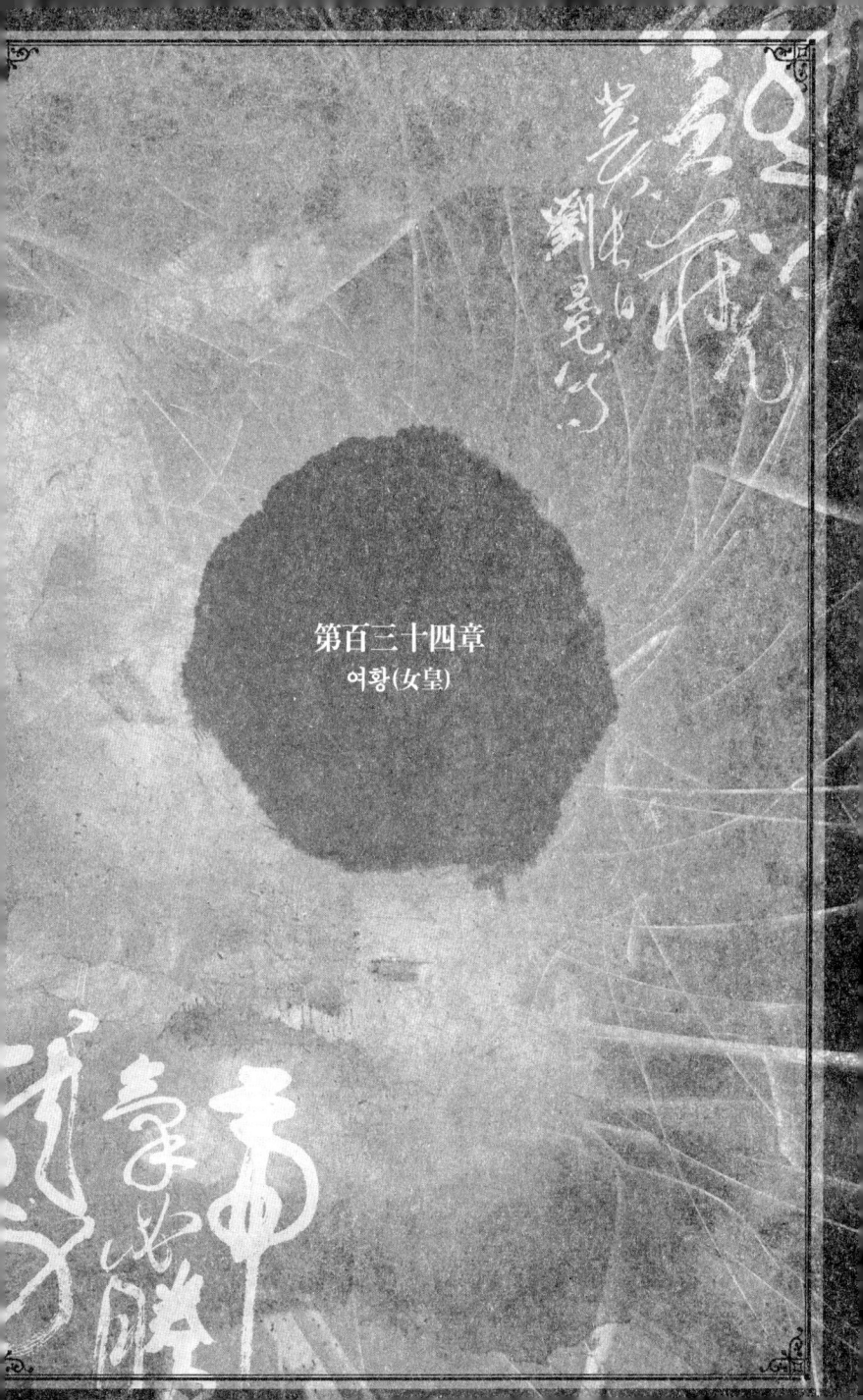

第百三十四章

여황(女皇)

대무신
大武神

자정 무렵.

명옥장(明玉莊)은 휘영청 밝은 보름달 아래 고즈넉한 고요에 휩싸여 있었다.

겉으로 보기에 더없이 평온한 것 같은 명옥장에 약간의 시간차를 두고 두 사람이 잠입했다.

앞선 사람은 조철악이고, 뒷사람은 백일낭이다. 조철악은 실력으로 잠입했으나, 백일낭은 무영투공과 귀식대법을 병행하여 잠입했다.

천존의 최측근들이 절정고수이긴 하나 조철악과 백일낭의

잠입을 막을 수는 없었다.

　사도옥은 벌써 십여 차례나 전각 밖으로 나가려다가 천존의 수하들에게 제지를 당했다.
　그런데도 그녀는 포기하지 않고 여전히 어떻게 탈출할 것인지를 궁리하고 있는 중이었다.
　그녀는 무슨 일이 있어도 태무악에게 돌아가서 공력을 되돌려주려는 결심을 했다.
　그녀가 묵고 있는 전각에는 방이 이십여 개쯤 있는데 그녀와 화운성, 그리고 네 명의 하녀만이 기거하고 있었다.
　그녀는 방 밖으로 나가 복도를 이리저리 걸어다니면서 생각에 골몰하다가 뾰족한 방법이 생각나지 않자 다시 자신의 방으로 힘없이 돌아왔다.
　'아!'
　고개를 푹 숙인 채 방에 들어서던 그녀는 고개를 들고 전면을 보다가 너무 놀라서 하마터면 비명을 지를 뻔했다.
　그녀의 다섯 걸음 앞에 철탑처럼 우뚝 서 있는 조철악을 발견했기 때문이다.
　사도옥은 너무도 반가운 표정으로 조철악에게 달려가 몸을 날려 그의 가슴에 뛰어들었다.
　조철악은 빙그레 미소를 지으며 두 팔을 벌려 그녀를 가슴에 꼭 안았다.

키가 작은 사도옥은, 아니, 조철악의 키와 체구가 크기 때문에 그녀의 두 발 끝은 그의 무릎에서 대롱거렸다.

그녀는 두 발로 조철악의 허리를 감고 두 팔로는 그의 양쪽 어깨를 잡은 채 환한 얼굴로 심어를 사용하여 물었다.

"어떻게 왔어요?"

"내 발로 왔지."

사도옥이 그저 마냥 귀엽고 예쁘기만 한 조철악은 그녀의 코를 살짝 쥐었다가 놓고 빙그레 미소 지으며 역시 심어로 대답했다.

"악 오라버니가 보냈나요?"

"그래. 너를 데려오라고 하더라."

"잘됐어요. 어서 소녀를 악 오라버니에게 데려다주세요."

만약 그녀가 태무악에게서 흡수한 공력을 자신의 것으로 만들었다면 조철악은 물론이고 태무악보다 더 고강한 초절고수가 되어 이곳을 빠져나가는 것쯤은 아무 일도 아니었을 것이다.

그러나 그럴 경우 나중에 태무악을 만나게 되면 그의 공력을 온전하게 돌려줄 수가 없다.

그의 공력이 이미 그녀의 공력과 합일했기 때문이다. 그의 공력을 고스란히 돌려주기 위해서는 흡수했을 때의 원형 그대로 보존하고 있을 수밖에 없는 것이다.

"너 무악하고 무슨 일이 있었느냐?"

조철악은 사도옥의 엉덩이를 받쳐 안은 자세로 궁금한 표정을 지으며 물었다.

원래 거짓말을 못하는 사도옥은 착잡한 표정을 지으며 태무악과 있었던 일들을 사실대로 설명해 주었다.

"너……"

설명을 다 듣고 난 조철악은 엄한 표정을 지었다.

"죄송해요. 그렇지만 소녀는 단지 구음절맥만 치료할 생각이었어요. 그런데 본의 아니게 악 오라버니의 공력까지 흡수해 버렸던 거예요."

조철악이 굳은 얼굴을 풀지 않은 채 물끄러미 자신을 굽어보자 사도옥은 눈물을 글썽이며 그의 목을 끌어안고 뺨을 비볐다.

"잘못했어요. 다시는 안 그럴게요."

조철악은 사도옥의 설명을 듣고 마음이 몹시 언짢았으나 그녀의 뉘우치는 모습이 안쓰러워 부드럽게 등을 토닥였다.

"옥아, 너 무악을 사랑하느냐?"

"당연하죠. 사랑하지도 않는 사람하고 어떻게 정사를 할 수 있겠어요?"

조철악은 정사라는 말을 아무렇지도 않게 하는 사도옥이 어이가 없었지만 그보다는 너무도 귀여웠다.

"인석아. 그게 정사냐? 강간이지."

"헤헤… 엎어치나 메치나 똑같죠 뭐."

사도옥은 혀를 날름 내밀었다.

우란은 초조함이 극에 달한 상태에서 한 채의 전각으로 가까이 접근하고 있었다.

그녀는 비록 무영투공과 귀식대법을 전개하고 있었지만 발각될까 봐 노심초사하며 조심에 조심을 기하고 있었다.

이곳은 절대자 천존이 머물고 있는 곳이다. 그런 만큼 경비의 삼엄함이 극에 달해 있을 것이다.

만약 사도옥을 만나기 전에 발각된다면 모든 것이 수포로 돌아가고 만다.

그녀는 무림이나 대명제국의 안위 같은 것에는 추호도 관심이 없다.

그녀의 관심사는 오직 태무악 한 사람뿐이다. 그에게 공력만 되찾아줄 수 있다면 어떤 희생이라도 기꺼이 감수하겠다는 것이 그녀의 결심이다.

그녀는 아직 무공이 일천하여 답설무흔 같은 경공을 전개하여 허공을 걸을 수도 없고, 경공을 전개하여 파공음이 전혀 생기지 않게 할 수도 없다.

그렇기 때문에 최대한 천천히 움직일 수밖에 없는 상태였고, 무영투공을 일각 남짓밖에 전개할 수 없기에 본모습으로 돌아왔을 때에는 은밀한 곳에 숨어서 다시 무영투공을 전개할 수 있을 때까지 기다리느라 초조하게 시간을 지체할 수밖에 없었다.

지금 그녀는 이곳 명옥장에 잠입한 이후 다섯 번째 전각에 가까이 접근하고 있는 중이고, 그러기 위해서 여섯 차례나 무영투공을 다시 전개해야만 했다.

그녀는 벽에 바짝 붙어서 상체를 굽힌 자세로 전각의 입구를 향해 천천히 이동해 갔다.

그때 그녀의 머리 위 창이 기척없이 열렸으나 그녀는 알아차리지 못했다.

조철악은 사도옥을 등에 업고 창밖으로 나가려다가 창 아래에서 흐릿한 기척을 감지했다.

사람의 기척이 분명한데도 모습이 보이지 않는 것으로 미루어 누군가 무영투공 같은 수법을 전개하고 있는 것이라고 판단했다.

조철악은 보이지 않는 누군가가 창 아래를 완전히 지나갈 때까지 기다렸다가 일말의 기척도 없이 창밖으로 신형을 날렸다.

창밖으로 빠져나오는 순간 그의 몸 주위에 검은 장막이 쳐져서 모습을 완벽하게 감춰주었다.

태무악에게 무영투공이 있다면, 그에겐 흑무(黑霧)를 뿜어내서 모습을 감추는 수법이 있었다.

*   *   *

자금성.

단예는 여황의 처소에서 잠자리에 들었다. 그러나 잠은 오지 않고 시간이 지날수록 오히려 정신이 더 맑아졌고, 눈은 초롱초롱했다.

지난번 태무악이 단예를 주령으로 착각하여 젖가슴을 빨고 옥문을 깊이 만지며 애무한 이후부터 그녀는 불면증에 시달리고 있는 중이었다.

아니, 밤에만 아니라 낮에도 머릿속에는 온통 그 생각이 가득 차 있어서 아무 일도 손에 잡히지 않고 아무 생각도 할 수가 없는 지경이었다.

더구나 그때 일을 상상할라 치면 마치 태무악이 또다시 자신의 젖가슴을 빨고 옥문을 애무하고 있는 듯한 생생한 느낌에 빠져 버리고 만다.

어쩌면 그녀는 그 느낌을 즐기려고 끝없이 그때의 일을 회상하고 있는지도 모른다.

지금도 그녀는 그때의 일을 떠올리면서 온몸이 녹아버리는 듯한 흥분을 느끼고 있는 중이었다.

그녀의 한 손은 잠옷 속으로 들어가 젖가슴을 가만히 움켜잡았고, 다른 손은 옥문을 문지르고 있었다.

"아……."

그녀의 약간 벌어진 입술 사이로 나직한 신음 소리가 새어 나왔다.

스르르…….

그때 이불이 그녀를 가만히 조였다. 깔고 있는 요와 덮고 있는 이불이 몸을 감싸듯 조이고 있는 것이다.

뭔가 이상함을 느낀 그녀는 뚝 두 손을 멈추고 몸을 일으키려고 했다.

"헉!"

그러나 이불이 조이는 힘이 워낙 강해서 꼼짝도 할 수가 없는 상태였다.

"아… 안 돼……."

그녀는 발버둥을 쳤으나 아무런 소용이 없었다.

스으…….

그때 그녀의 머리맡에 하나의 흑영이 나타났다. 캄캄한 어둠이 모여들어 사람의 형상을 이루는 듯한 광경이었다.

단예는 그것도 모른 채 계속 결사적으로 발버둥치고 있었다.

나타난 인물은 흑삼을 입었으며 사십오륙 세 정도의 나이에 수염이 없는 강퍅한 외모의 사내다.

슥…….

순간 단예는 무언가 묵직한 것이 자신의 입을 틀어막는 것을 느꼈다.

그것이 누군가의 커다랗고 두툼한 손이라는 것을 즉시 알 수 있었다.

순간 그녀가 놀랄 사이도 없이 목에 섬뜩하도록 차가운 물체가 닿았다.

"……!"

그녀는 그것이 칼이라고 생각했다, 아니, 느꼈다.

서걱.

그리고 자신의 살과 목뼈가 잘리는 소리를 두 귀와 성대를 통해서 생생하게 듣고 느꼈다.

그녀가 두 눈을 한껏 부릅떴을 때, 그녀의 머리는 목에서 분리되었다. 하지만 피는 한 방울도 흐르지 않았다.

스으으.

그때 그녀의 얼굴이 이지러지면서 변하는 듯하더니 주령의 얼굴이 단예의 원래 모습으로 변했다. 변체환용비술을 전개하여 주령의 모습으로 변해 있었는데, 목이 잘리자 그 수법이 풀린 것이다.

"그 계집은 여황이 아니다. 진짜를 찾자."

천장에서 누군가의 목소리가 안개비가 흐르듯이 들려오자 단예의 목을 자른 사내의 모습이 그 자리에서 흐릿해지더니 순식간에 사라졌다.

낯선 사내가 사라진 지 다섯 호흡도 지나기 전에 방문이 소리없이 열리며 한 사람이 들어섰다.

그는 검은 야행복을 입은 화운성이다. 방에 들어선 그의 시야에 가장 먼저 들어온 것은 침상에 반듯한 자세로 누워 잠들어 있는 한 여자의 모습이다.

그러나 여자에게서 숨소리를 전혀 감지하지 못한 화운성은 불길한 생각이 퍼뜩 들어 안색이 크게 변해 재빨리 침상으로 달려갔다.

'이 여자는?'

하지만 그는 반듯한 자세로 누워서 두 눈을 한껏 부릅뜬 채 입을 반쯤 벌리고 있는 여자가 주령이 아닌 단예라는 것을 한눈에 알아봤다.

그의 시선이 단예의 목으로 향했다. 그녀의 목에는 가로로 가느다란 혈선이 그어져 있었다. 목이 잘린 것이다.

화운성은 단예가 왜 이곳에서 죽었는지 짐작할 수 있었다. 주령을 호위하기 위해서 태무악이 보냈을 것이다.

그래서 주령의 방 침상에서 잠을 자다가 천존이 보낸 암살자에게 당한 것이다.

화운성은 태무악을 만나는 자리에서 몇 차례 단예를 본 적이 있었다.

그녀의 갑작스런 죽음은 안된 일이지만 지금은 주령의 안위가 더 급했다.

암살자들은 자신들이 죽인 여자가 여황이 아니라는 사실을 깨닫고 진짜 주령을 찾으러 갔을 것이다.

삐이익!

연건후는 무시무시하게 쏟아지는 검의 소나기 공격을 피해 뒤로 밀리면서 품에서 꺼낸 호각을 입에 물고 있는 힘을 다해 불었다.

"아!"

고막을 찢는 듯한 날카로운 호각 소리에 잠에서 깬 주령이 캄캄한 실내에서 벌어지고 있는 광경을 발견하고는 놀라서 나직한 탄성을 터뜨렸다.

넓은 실내 한쪽에서 연건후와 한 명의 흑삼인이 치열하게 싸우고 있었다. 그녀가 있는 침상에서 오륙 장쯤 떨어진 거리였다.

아니, 연건후가 흑삼인의 일방적인 공격을 위태위태하게 피하면서 뒤로 밀리고 있었다.

주령은 흑삼인이 자신을 죽이러 온 암살자라는 사실을 즉시 깨달았다.

그리고 연건후가 아니었으면 그녀는 자다가 죽임을 당했을 것이라는 사실도 더불어 알았다.

또한 연건후가 언제나 밤새 자신을 지켜주고 있었다는 사실도 알게 되었다.

하지만 주령이 보기에 연건후는 몇 초식 버티지 못하고 당할 것처럼 위태로웠다.

그렇지만 연건후가 당하고 나면 다음은 자신이 죽을 것이라는 걱정은 들지 않았다. 그보다는 그가 더 걱정됐다.

주령은 침상에서 일어나 앉은 채 어쩔 줄을 몰라 하며 가슴만 태우고 있을 뿐이었다.

그녀에게도 무공이 있기는 하지만 이 상황에서 사용할 만한 수준은 아니었다.

"물러서라!"

그때 그녀의 뒤쪽에서 느닷없이 쩌렁한 외침이 터졌다.

챙!

소스라치게 놀란 그녀가 급히 돌아보려고 할 때 날카로운 금속성이 고막을 울렸다.

"아… 화 상공."

그녀는 누군가 한 명의 흑의인이 다른 한 명의 흑삼인의 공격을 막고 있는 것을 발견하고 나직한 탄성을 흘렸다.

흑의인은 그녀를 등지고 서 있었지만 그가 화운성이라는 것을 한눈에 알아본 것이다.

그리고 맞은편의 흑삼인은 연건후와 싸우고 있는 흑삼인과 같은 복장이었기에 암살자라고 판단했다.

흑삼인은 검을 사용하고, 화운성은 접은 부채를 사용하고 있지만 언뜻 보기에도 화운성이 한 수 위였다.

그렇지만 화운성이 무림에서도 손가락에 꼽을 정도의 절정고수라는 사실을 감안한다면, 암살자의 무공이 얼마나 고강한지 쉽게 알 수 있을 터였다.

슈슉!

그런데 암살자는 두 명만이 아니었다. 그때 갑자기 천장에서 한 명의 암살자가 유령처럼 하강하여 곧장 주령의 머리 위로 덮쳐 왔다.

화운성은 새로운 암살자의 기척을 감지하고는 즉시 신형을 날려 주령에게 쏘아가며 암살자를 공격했다.

휴웅!

그의 부채에서 빛과 같은 경기가 위맹하게 뿜어져 암살자를 향해 쏘아갔다.

암살자는 감히 방심하지 못하고 즉시 검에 공력을 주입하여 경기를 막았다.

껑!

허공에서 하강 중이던 암살자는 반탄력에 의해 맞은편 벽으로 쏜살같이 튕겨져 갔다.

화운성이 주령 옆에 내려서는 것과 동시에 그가 처음에 맞서 싸웠던 암살자가 공격해 왔다.

또한 맞은편 벽으로 튕겨갔던 암살자도 벽을 두 발로 가볍게 박차고는 놀라운 속도로 쏘아왔다.

그때 연건후가 다급히 외쳤다.

"당장 여황 폐하를 모시고 도주하게!"

연건후는 주령이 북경성에서 무령원을 운영하고 있을 때 화운성을 가끔 봤었기 때문에 그를 알아보았다.

화운성과 주령이 동시에 쳐다보자 연건후는 가로로 길게 베인 복부에서 내장과 피를 쏟으면서도 암살자에게 맹렬히 저항하며 재차 절규하듯이 외쳤다.

"어서!"

"연 숙!"

주령은 눈물을 흘리면서 안타깝게 외쳤다.

그 순간 화운성이 한 팔로 그녀의 허리를 안고는 번개같이 창으로 신형을 날렸다.

지금 이 순간에는 주령을 데리고 자리를 피하는 것만이 그녀와 연건후를 동시에 살릴 수 있는 길이라고 판단한 것이다.

연건후가 호각을 불었으니 몇 호흡 안에 근처를 지키고 있는 황궁고수들과 동창, 서창의 고수들이 구름처럼 몰려들 것이고 전세는 역전될 것이다.

그때까지 연건후가 죽지 않으면 다행이고 설사 죽더라도 어쩔 수 없는 일이었다.

콰창!

화운성이 주령을 품에 안고 최대한 그녀를 감싸면서 창을 뚫고 밖으로 쏘아나가자 두 명의 암살자가 그림자처럼 바짝 추격했고, 밖과 천장에서 대기하고 있던 두 명의 암살자가 더 합세했다.

* * *

"너 여기에서 뭐 하고 있는 거야?"

난데없이 뒤에서 들려온 전음에 우란은 움찔 놀라 자신도 모르게 외마디 소리를 낼 뻔했는데, 뒤에 있는 사람이 재빨리 손으로 그녀의 입을 막았다.

우란은 무영투공이 풀리자 인근 숲의 나무 뒤에 숨어 있던 중이었다.

"놀라지 마라. 나다."

그때 뒤에 있는 사람이 여전히 우란의 입을 막은 채 그녀의 앞쪽으로 나서며 모습을 드러냈다.

원래 강심장인 우란이지만 지금은 상황이 상황이니만큼 몹시 놀랐으나 상대가 백일낭인 것을 확인하고는 온몸에서 기운이 다 빠져나갈 정도로 안도의 표정을 지었다.

"너 여기에 무엇 때문에 온 거야?"

백일낭이 방금 전에 물었던 것을 재차 물었다. 그녀의 얼굴에는 어이없다는 표정이 떠올라 있었다.

이런 상황에서까지 입을 다물고 있을 수는 없다고 판단한 우란이 전음으로 무겁게 대답했다.

"사도옥을 데리러 왔다."

"뭐?"

백일낭은 어이없다는 표정을 지었다. 그리고는 태무악의 지시로 조철악이 사도옥을 데리러 왔다는 것과 아마도 그가 이미 그녀를 데리고 이곳을 떠났을 것이라는 사실, 그리고 우란이 없어서 백일낭이 대신 이곳에 화운성이나 장군을 만나러 왔다는 사실 등을 간략하게 설명해 주었다.

우란은 어이없다는 얼굴로 할 말을 잃고 말았다. 조철악이라면 사도옥을 데리고 이곳을 빠져나가는 것이 그다지 어려운 일이 아닐 터였다.

그녀는 이곳에 잠입한 지 몇 시진째 사도옥의 행방을 찾아 헤매느라 진이 다 빠졌다.

그런데 조철악이 이미 그녀를 데리고 나갔을 것이라고 생각하자 한편으로는 기쁘면서도 맥이 탁 풀렸다.

"여기서 얼쩡거리다가 된통 당하지 말고 어서 가라."

백일낭이 툭 전음을 던지고 조심스럽게 마당 쪽으로 가려고 하자 우란이 그녀의 옷자락을 붙잡았다.

"화운성은 없어. 아까 장원을 나가는 것을 내가 봤다."

"그래?"

이번에는 백일낭이 맥 빠진 표정을 지었다.

"장군이라는 자는 저기에 있는 것 같더군."

우란이 나무 사이로 보이는 한 채의 전각을 가리키자 백일낭은 반색했다.

"그렇다면 일이 쉬워지겠군. 고맙다."

백일낭은 자세를 낮추고 나무 사이로 빠르게 움직이며 전음을 보냈다.

우란이 우두커니 서서 지켜보고 있는 가운데 백일낭의 모습이 스르르 사라졌다. 그녀의 무영투공은 우란보다 한 수 위인 듯했다.

휘스스.

그때 한줄기 바람이 얼굴을 스치자 우란은 퍼뜩 정신을 차리고 즉시 자세를 낮추며 주위를 살펴보았으나 다행히 아무도 눈에 띄지 않았다.

그녀는 무영투공을 전개하여 모습을 감춘 후 숲을 가로질러 담 쪽으로 이동했다.

자신은 이곳에서 더 이상 할 일이 없다고 판단하여 벗어나려는 것이다.

사실 그녀가 이곳의 실상을 제대로 알고 있었다면 그처럼 극도로 조심하지 않았어도 될 일이었다.

현재 이곳 명옥장에는 천존의 직속 수하 다섯 명과 장군의 호위무사 열 명 정도가 있을 뿐이다.

천존의 직속 수하는 원래 열 명이었지만 다섯 명이 여황 주령을 암살하러 갔기에 지금은 다섯 명뿐이었다.

그중 두 명이 사도옥을 지키고 세 명이 천존이 기거하는 전각을 호위하고 있었다.

장군의 호위무사 열 명은 부상인자가 아니라 미야사무라이[宮待]라고 불리는 무사, 즉 사무라이들이다.

사무라이 중에서도 특출한 자들을 선발하여 미야사무라이로 삼는데 장군의 경호만을 맡는다.

그들은 모두 백오십 명으로 이루어졌으며, 현재는 열 명만이 장군을 호위하고 있는 중이다.

천존과 장군의 측근 수하들은 거의 모두 내일의 총공격에 대비하느라 이곳에 없었다.

천존은 공력을 잃은 태무악이 이곳을 습격하는 무모한 짓 따위는 하지 않을 것이라고 판단한 것이다.

조심해서 나쁠 것은 없으나 아무것도 모르는 우란은 지나치게 조심하여 시간을 많이 허비하고, 기진맥진한 상태로 목적한 바를 이루지도 못했다.

한 가지 다행스런 일은 우란이 천존의 거처 백여 장 이내로는 접근하지 않았다는 사실이다.

그녀가 제아무리 무영투공과 귀식대법을 전개하고, 한 걸음을 옮길 때마다 극도로 조심했다고 해도 천존의 백여 장 이내로 접근했다면 즉시 발각되어 지금처럼 무사히 이곳을 빠져나가지 못했을 것이다.

장군 요시노리는 부상국에서 가지고 온 청주를 따끈하게 데워서 마시고 있는 중이었다.

활짝 열어놓은 창을 통해서 한밤의 서늘한 바람이 스며들었으나 춥다는 생각은 들지 않았다.

데운 청주는 그가 좋아하는 술이지만 반 각이 지나기도 전에 미지근하게 식어버렸다.

하지만 그는 다시 술을 데워오라고 하는 것이 번거로워서 그냥 마시고 있었다.

여황(女皇) 227

사실 지금 그는 술맛을 거의 느끼지 못하고 있다. 내일의 총공격과 동생 화운성의 일을 생각하느라 머리가 복잡하기 때문이다.

이미 화살은 시위를 떠났으며 결과만이 남아 있을 뿐이다.

천존, 아니, 슈고다이묘의 말로는 중원대륙이 이미 장군의 것이나 다름이 없으니 다음 표적인 고려를 어떻게 공격할 것인지 생각하라고 했었다.

요시노리가 생각하기에도 중원을 접수하는 것은 어려운 일이 아닌 듯했다.

그가 내일의 총공격보다 더 많이 생각하고 있는 것은 사실 동생 화운성, 아니, 요시아키다.

그는 이십여 년 만에 친혈육인 동생을 만나서 주체할 수 없을 만큼 반가운데, 동생은 그런 것 같지 않아서 그 점이 무척 신경 쓰였다.

동생이 너무 오래 헤어져 있었고, 중원의 생활에 익숙해져서 그럴 것이라고 이해를 하면서도 서운한 마음이 드는 것은 어쩔 수가 없었다.

그때 문득 요시노리는 창을 통해서 꾸준히 스며드는 찬 공기가 어느 순간 뚝 단절되는 것을 느꼈다. 마치 어떤 물체가 창을 가로막은 듯했다.

뭔가 이상하다는 생각을 하고 있을 때 갑자기 눈앞에 유령처럼 한 사람이 나타났다.

스으으…….

나타난 사람은 십팔구 세가량의 여린 체구를 지닌 청순해 보이는 한 명의 소녀였다.

오른쪽 어깨에는 한 자루 검을, 왼쪽 허리엔 한 자루 만월도를 차고 두 손을 허리에 얹은 채 우뚝 서 있는 소녀 백일낭을 발견한 요시노리는 가볍게 표정이 변했으나 자리에서 일어나지도 호들갑스럽게 소리를 지르지도 않았다.

그가 막 점잖게 입을 열려고 하자 백일낭이 흰 손가락 하나를 세워 입에 갖다 댔다. 말하지 말라는 뜻이다.

"당신이 부상국의 장군인가요? 맞으면 고개를 끄덕여요."

전음으로 그렇게 물으면서 백일낭은 미끄러지듯 요시노리의 반걸음 앞까지 바짝 다가들었다.

요시노리는 묵묵히 고개를 끄덕였다. 갑작스러운 일에도 그는 그다지 놀라는 것 같지 않아 과연 일국의 절대자다운 풍모를 잃지 않았다.

왈칵!

휙!

그 순간 방문이 활짝 열리며 두 명의 사무라이가 쏜살같이 뛰어들었고, 창을 통해서도 두 명의 사무라이가 쏘아들었다.

백일낭이 아무런 기척을 내지 않았고, 무영투공을 통해서 잠입을 했는데도 침입자를 감지하고 뛰어든 그들은 과연 장군의 호위무사다웠다.

슥!

"당신에게 전해줄 서찰이 있어요."

그러나 백일낭은 눈 하나 까딱하지 않고 품속에서 서찰을 꺼내 한 손으로 요시노리에게 내밀며 전음을 보냈다.

요시노리는 서찰은 보지 않고 백일낭의 얼굴을 빤히 주시하다가 왼손을 가볍게 들었다.

그러자 지척까지 쇄도하고 있던 네 명의 사무라이가 일제히 그 자리에서 멈추었다.

요시노리는 이 낯선 소녀가 자신에게 해를 입히지 않을 것이라고 판단했다.

죽일 생각이었으면 요시노리는 상대의 얼굴을 보지도 못하고 당했을 것이다.

슥…….

요시노리는 묵묵히 서찰을 받아 읽기 시작했다.

백일낭은 두 다리를 벌리고 두 손을 허리에 얹은 채 우뚝 서서 기다렸다.

누구 앞에서도 전혀 위축되지 않는 오만하기까지 한 자세와 표정이다.

그녀의 표정으로 봐서는 적지 심장부에 들어와 있는 것이 아니라 어디 산책이라도 나온 듯했다.

서찰을 읽는 요시노리의 표정이 가볍게 한두 차례 변했다. 단지 그것뿐 그는 아무 일도 없다는 듯 서찰을 접어 손에 쥐고 백일낭을 쳐다보았다.

백일낭은 그가 무슨 말을 할 것이라는 생각에 공력을 일으켜 그와 자신 주위에 호신막을 쳤다.

"태무악이 누구냐?"

서찰 말미에 적혀 있는 이름을 보고 요시노리가 물었다.

"신풍혈수예요."

그가 반말로 묻자 백일낭도 반말로 대답하고 싶은 것을 간신히 참았다. 그런 사소한 것으로 인해서 일을 망치고 싶지 않았기 때문이다.

요시노리의 얼굴에 가볍게 의아한 표정이 떠올랐다.

"반천성주인 신풍혈수 말이냐?"

"그래요."

백일낭은 대답을 하면서 장군이라는 자가 여간해서는 놀라지 않는 인물이라고 생각했다.

"그자가 이걸 내게 전하라고 했느냐?"

"원래는 화운성에게 전할 서찰이었어요."

백일낭은 에두르지 않고 곧이곧대로 말했다.

"어째서?"

"무악과 화운성이 친구 사이이기 때문이죠."

"둘이 친구라고?"

요시노리는 뜻밖이라는 표정을 지었다.

"그런데 왜 동생에게 전하지 않고 내게 주는 것이냐?"

"화운성이 없으면 당신에게 전하라고 무악이 말했어요."

"동생이 없다고?"

"네."

요시노리는 태무악과 화운성이 친구 사이라는 말을 들은 이후부터 변했다.

원래 그는 백일낭에게 약간 위압적인 태도였는데 지금은 많이 부드러워졌다. 그로 미루어 그는 화운성을 몹시 아끼는 것이 분명했다.

"이 서찰의 내용이 사실이냐?"

태무악은 서찰에 요시노리가 흥미를 느낄 만한 약간의 진실을 적어놓았을 뿐 구체적인 내용은 뺐다.

"서찰에 무슨 내용이 적혀 있는지는 모르지만 무악은 거짓말을 하지 않아요."

"이 상황에서 내 동생이었으면 어떻게 했겠느냐?"

백일낭은 당연하다는 듯 미소를 지었다.

"화운성이라면 무악의 말을 무조건 믿고 그가 하자는 대로 했을 거예요."

요시노리는 그 말의 진위를 간파하려는 듯 백일낭을 날카롭게 주시했다.

서찰에는 세 가지 내용이 요약해서 적혀 있었다.

첫째. 천존이 여진족이며 부상국을 이용하고 있다는 것.

둘째. 북경성에 은신해 있던 천존의 아들 부부와 슈고다이묘들 모두를 태무악이 데리고 있다는 것.

셋째. 만나서 얘기하자는 것, 등이다.

서찰의 내용이 사실이라면 이보다 중요한 일은 없다.

그러나 거짓이라면 신풍혈수가 요시노리를 만나자고 하는 것은 함정이 분명하다.

요시노리는 자신이 기로에 서 있음을 느꼈고, 결정을 해야만 한다는 것을 알고 있었다.

그의 결정이 요시노리 자신은 물론 부상국의 운명까지 뒤바꿔놓을 것이다.

그는 천진난만한 모습의 백일낭을 묵묵히 쳐다보았다.

'함정이 아니다.'

그는 두 호흡도 지나기 전에 그런 결정을 내렸다.

함정이라는 것은 상대를 해치기 위해서 파놓는 것이다. 요시노리를 해칠 계획이라면 백일낭이 서찰을 전해주는 따위의 번거로운 짓을 하지 않고 아예 처음부터 대뜸 칼을 휘둘렀을 것이다.

"가자."

이윽고 요시노리는 고개를 끄덕이고 의자에서 일어섰다.

"무공을 할 줄 아세요?"

백일낭이 궁금하다는 듯 흑백이 또렷한 눈으로 빤히 바라보며 물었다.

"못한다. 무공 따위는 아랫것들이나 하는 것이다."

하긴, 일국의 절대자가 무슨 무공을 배울 필요가 있겠는가.

슥!

백일낭은 몸을 돌려 요시노리에게 등을 보이곤 허리를 약간 굽혀 보였다.

"업혀요."

요시노리의 얼굴이 묘하게 찌푸려졌다.

"나더러 업히라는 게냐?"

"그럼 안을까요?"

요시노리는 씁쓸한 표정을 지었다.

"업히겠다."

천존 몰래 빠져나가야 하기 때문에 고집을 부릴 수가 없는 상황이다.

그는 등을 내밀고 허리를 구부정하게 만든 백일낭 뒤에 가까이 서서 엉거주춤한 자세를 취했으나 막상 업히지는 못하고 망설였다.

척!

"빨리 안 업히고 뭐해요?"

그러자 백일낭이 뒷걸음쳐서 요시노리를 업으며 왼손을 펼쳐 그의 엉덩이를 받쳤다.

슈욱!

그러나 요시노리가 부끄러워할 새도 없이 백일낭은 그를 업은 채 한줄기 바람처럼 창밖으로 쏘아나갔다.

第百三十五章

희생(犧牲)

대무신
大武神

"악 오라버니!"

실내에 들어선 사도옥은 조철악의 등에 업힌 상태에서 곧장 태무악에게 쏘아가며 울부짖었다.

의자에 앉아 있던 태무악은 쏘아오는 사도옥을 보며 움찔 몸이 굳은 듯했으나 곧 엷은 미소를 지었다.

그가 공력을 잃은 것은 비록 짧은 하루에 불과하지만, 마치 십 년을 산 것처럼 많은 정신적 경험을 했다.

처음에는 분노하고 절망했으나 시간이 흐를수록 차츰 마음의 안정을 찾으면서 현실을 받아들였다. 그랬더니 분노는 이

희생(犧牲) 239

해심으로, 절망은 희망으로 변했다. 그러면서 그 자신은 한 단계 정신적으로 성숙해졌다.

지금 그가 사도옥을 보고 분노 대신 미소를 지을 수 있는 이유는 그 당시에 그녀가 그럴 수밖에 없었던 입장을 이해할 수 있었기 때문이다.

또한 태무악이 사도옥 입장이었다고 해도 그럴 수밖에 없었을 것이라고 생각했다.

태무악은 강간을 당하고 공력을 잃었지만, 사도옥은 그 덕분에 목숨을 건졌다. 세상에 목숨보다 소중한 것은 없다.

더구나 사도옥은 이렇게 다시 돌아오지 않았는가.

와락!

"악 오라버니! 엉엉! 제가 잘못했어요!"

사도옥은 태무악의 품으로 뛰어들어 안기면서 어린아이처럼 울음을 터뜨렸다.

"옥아……."

공력이 없는 태무악은 사도옥이 갑자기 뛰어드는 바람에 가슴이 빠개지는 듯한 충격을 받았으나 애써 참으며 그녀의 등을 토닥거렸다.

"제가 악 오라버니의 공력을 흡수했을 줄은 정말 몰랐어요. 하늘에 맹세해요. 부디 소녀를 용서해 주세요. 다시는 안 그럴게요. 네?"

"그랬었구나."

그랬을 것이라고 생각했는데 막상 사도옥의 입에서 진실을 듣게 되자 태무악은 마음이 흐뭇해졌다.

사도옥은 눈물범벅인 얼굴로 마치 죽을 것처럼 결사적으로 울어댔다.

만약 태무악이 용서하지 않는다면 이 자리에서 자결이라도 할 것처럼 보였다.

"괜찮다, 옥아. 이렇게 돌아왔지 않느냐? 그럼 됐다."

태무악이 뺨을 부드럽게 쓰다듬으며 달래자 사도옥은 그의 품에 얼굴을 묻으며 더 크게 울었다.

"으앙! 이렇게 착한 악 오라버니에게 그런 몹쓸 짓을 하다니… 나 같은 것은 죽어야 해요!"

그때 조철악이 끼어들었다.

"지금 울고 있을 때가 아니다. 어서 서둘러라."

사도옥더러 빨리 공력을 태무악에게 돌려주라는 뜻이다.

"아! 그래요. 악 오라버니! 우리 빨리해요!"

조철악이 혀를 찼다.

"쯧쯧… 이제야 정신이 들었군. 서둘러서 빨리해라."

조철악은 공력을 되돌려주기 위해서 사도옥이 쌍장을 태무악의 등에 밀착시키기만 하면 되는 줄 알고 있다.

사도옥이 태무악의 손을 잡고 침상으로 이끌었다.

"여기에서 하지, 어딜 가는 게냐?"

아무것도 모르는 조철악이 참견을 했다.

철부지 사도옥은 태무악을 침상으로 밀어 올리면서 맞장구를 쳤다.

"정사를 침상에서 해야지 어떻게 바닥에서 해요?"

"저, 저, 정… 사."

조철악은 얼굴이 벌게져서 심하게 더듬거렸다.

그는 사도옥이 태무악을 침상에 눕히고 옷을 벗기는 광경을 보고는 서둘러 방문으로 달려갔다.

"기, 기다려라. 나가고 나서 해라."

태무악의 옆에 묵묵히 서 있던 사신풍도 따라나오자 조철악이 방 안으로 밀었다.

"너까지 나오면 정신없는 쟤들은 누가 지키느냐?"

사신풍은 몸을 돌려 곧장 침상으로 성큼성큼 걸어갔다.

이후 태무악과 사도옥의 정사가 끝날 때까지 사신풍은 침상 가에 서서 꼼짝도 하지 않고 그들을 지켜보았다.

하지만 그녀는 끝까지 얼굴색 하나 변하지 않았다. 무간낭자 출신이기 때문이다.

"하아아… 하아……."

알몸의 사도옥은 태무악의 알몸 위에 엎드려 그의 가슴에 뺨을 대고 거칠게 숨을 몰아쉬었다.

반 시진에 걸친 굉장한 폭풍이 끝나자 두 사람의 몸은 비를 흠뻑 맞은 듯 땀범벅이 되었다.

사도옥은 처음에 순결을 바칠 때보다 몇 배나 더 큰 쾌락을 맛보았다.

아니, 그때는 느끼지 못했던 절정을 만끽했다. 그래서 정사가 끝났는데도 그녀는 절정의 여파로 인해 온몸을 후득후득 떨어대고 있었다.

태무악도 첫 번째 강간을 당할 때와는 달리 사도옥을 한 명의 여자로 느꼈고, 진심으로 흥분하고 사정을 했다.

아직 어리고 철부지 같은 사도옥이지만, 그녀는 비로소 태무악의 여자가 되었다. 부부지연은 나이가 아니라 몸이 엮어주는 것이다.

"후아… 저 죽는 줄 알았어요."

사도옥이 고개를 들고 입술을 태무악 입술에 부비며 달콤하게 속삭였다.

그녀는 아직도 식지 않은 상태에서 자신의 몸속에 있는 태무악의 음경을 생생하게 느끼고 있었다.

"우리 한 번 더 할까요?"

그녀는 눈을 요염하게 반짝이며 허리를 살랑살랑 흔들었다.

"나중에."

태무악은 사도옥을 밀어내며 몸을 일으키려는데, 그녀가 찰거머리처럼 찰싹 달라붙어 떨어지지 않았다.

"운공을 해야겠다."

태무악이 침상에서 가부좌를 틀고 앉자 사도옥은 그와 마주 보는 자세로 걸터앉아 어깨에 턱을 얹은 채 종알거렸다.

"하세요. 방해하지 않을게요."

"인석아. 그래도 그걸……."

삽입한 채로 어떻게 운공조식을 하느냐는 말은 차마 그의 입으로 할 수가 없었다.

"한 번 해봐요. 할 수 있을 거예요."

그녀는 침상 가에 우두커니 서 있는 사신풍을 쳐다보았다.

"언니 생각은 어때요? 할 수 있겠죠?"

"모르겠습니다."

사신풍은 이쪽을 쳐다보지도 않은 채 덤덤히 대꾸했다.

한시가 급한 태무악은 사도옥과 실랑이를 하느니 그 상태로 운공조식을 하기로 마음먹었다.

그가 운공조식을 하는 동안 철부지 사도옥은 그의 어깨에 뺨을 대고는 새근새근 잠이 들었다.

'이 녀석이…….'

운공을 끝낸 태무악은 어이없다는 표정을 지었다.

그는 잃었던 공력을 고스란히 되찾았다. 그런데 문제는 잃었던 공력의 절반쯤에 해당하는 공력이 덤으로 더 왔다는 사실이다.

생각할 수 있는 원인은 한 가지뿐이다. 사도옥이 자신의 공력을 모조리 그에게 준 것이다.

실수로 태무악의 공력을 흡수했던 그녀가 이번에는 고의로 자신의 공력을 몽땅 태무악에게 주었다.

그것에는 여러 의미가 있을 것이다. 그렇게 함으로써 용서를 빌려는 갸륵한 마음과 자신은 이제 태무악의 여자가 되었기 때문에 공력이 없어도 그가 보살펴 줄 것이라는 신뢰와 예전보다 절반 이상 더 강해져서 현재의 난관을 극복하라는 무한한 격려와 친혈육인 조부 천존보다도 태무악을 더 지지한다는 희생 정신이 그것이다.

태무악은 그런 사도옥의 마음을 고스란히 느끼고는 가슴속에서 뭉클 감동이 솟구쳤다.

자신보다 네 살이나 어린, 더구나 몸도 마음도 아직 여물지 않은 사도옥의 감동적인 배려는 태무악으로 하여금 그녀를 사랑할 수밖에 없도록 만들었다.

태무악은 손을 들어 사도옥의 등을 가만히 쓰다듬었다. 땀이 마른 그녀의 등은 부드럽고 또 매끄러워서 마치 아기의 살결 같았다.

그가 등을 쓰다듬는 바람에 약간 잠이 깬 그녀는 아기가 엄마 품에 파고들 듯이 두 팔로 그의 가슴을 꼭 끌어안고 몸을 약간 뒤척이며 옹알거렸다.

"음… 우리 한 번 더 하는 거예요?"

태무악은 그녀의 등을 부드럽게 쓰다듬었다.

"그래, 언제든지."

"정말……?"

그러자 사도옥이 눈을 비비며 고개를 들더니 본능적으로 허리를 움직였다.

왈칵!

그때 방문이 거칠게 열리며 조철악과 연건후가 동시에 들이닥쳤다.

"폐하께서 아직도 이곳에 오지 않으셨다니… 대체 어떻게 된 것입니까?"

연건후는 비틀거리면서 침상으로 다가오는데 얼굴은 당혹감으로 물들어 있었다.

그의 몸은 온통 피투성이였다. 왼손으로 복부를 움켜잡고 있었는데, 손은 피범벅이고 손가락 사이로 피가 뭉클뭉클 새어 나오고 있었다.

"연 숙, 여기에 누우십시오."

태무악이 놀라서 급히 사도옥을 떼어내고 서둘러 옷을 입으며 침상을 가리켰다.

"지금 눕는 것이 중요한 게 아닙니다. 폐하께서 사라지셨단 말입니다."

"령아가 사라지다니, 어떻게 된 일입니까?"

태무악의 얼굴이 놀라움으로 물들었다.

"으음, 암… 살자들이 폐하를 급습했습니다."

연건후는 쓰러질 듯이 비틀거리면서 겨우 말했다.

사도옥은 이불로 몸을 가리고 급히 침상 아래로 내려왔다.

"안 되겠습니다. 우선 치료부터 합시다."

태무악이 번쩍 안아 침상에 눕히려고 하자 연건후는 버둥거리며 외쳤다.

"지금 내 몸이 중요한 게 아닙니다. 폐하의 안위가 급한데 이따위 몸뚱이가 무슨 대수란 말입니까?"

"치료를 하면서도 말을 할 수 있으니까 제가 치료를 하는 동안 무슨 일인지 설명을 하십시오."

태무악의 말이 맞다고 여긴 연건후는 그가 복부의 상처를 치료하는 동안 자금성에서 일어났던 일을 설명했다.

"화운성이 령아를?"

완전히 지혈이 되고 통증이 많이 줄어든 연건후는 상체를 일으키면서 하기 어려운 말을 꺼냈다.

"폐하께서 무령원을 운영하실 때 화운성은 폐하를 연모했었습니다."

그는 화운성이 주령에게 무슨 짓이라도 하지 않을까 그것을 걱정하고 있는 것이다.

"알고 있습니다. 그러나 그때는 화운성이 나와 령아의 관계를 모르고 있었기 때문입니다."

"이제는 알기 때문에 화운성이 폐하와 함께 있어도 괜찮다는 것입니까?"

"그렇습니다."

공력을 잃기 전이었다면 태무악은 지금처럼 대답하지 못했을 것이다.

바로 어제였지만, 그때까지만 해도 그는 화운성이 적인지 친구인지도 확신하지 못했다.

그러나 그는 인간이 처할 수 있는 가장 밑바닥 상황까지 내려가 보았다.

그곳에서 보는 세상은, 그리고 인간관계는 예전하고는 천양지차였다. 그곳에서 태무악은 겸손과 이해와 미덕이라는 것을 배웠다.

지금 그는 잃었던 공력을 되찾았으나 밑바닥에서 배운 것들을 버리지 않았다.

그것에 의하면 화운성은 친구다. 그러므로 주령을 해치지 않을 것이라는 게 태무악의 생각이다.

"암살자 네 명이 화운성을 추격했다고 했습니까?"

"그렇습니다."

"그렇다면 그는 지금 곤란한 상황에 처한 것 같습니다. 제가 직접 그들을 찾아보겠습니다."

그때 요시노리를 업은 백일낭이 들이닥치며 개선장군처럼 득의양양하게 외쳤다.

"무악! 장군을 데리고 왔다!"

그 뒤를 조형구와 장군의 호위무사인 미야사무라이들이 우르르 쏟아져 들어왔다.

백일낭은 태무악 앞에 멈춰서 장한 일을 한 아이가 칭찬을 기다리는 듯한 표정을 지었다.

"수고했다."

"뭘, 이까짓 거! 헤헤!"

태무악은 붉은 얼굴의 요시노리를 쳐다보았다.

"나는 태무악이오. 처음 뵙겠소."

요시노리는 많은 사람들 앞에서 여자에게 업혀 있다는 사실이 부끄러웠기에 얼굴이 홍시처럼 붉어졌다.

그는 높은 위엄만큼이나 높은 체면과 명예를 지니고 있는 사람이다.

태무악은 착잡한 표정을 지었다. 주령을 찾으러 나가야 하는데 요시노리가 도착했기 때문이다.

주령을 찾는 일도, 요시노리와 긴밀한 대화를 나누는 것도 둘 다 중요했다.

그러나 주령을 찾는 일은 태무악이 없어도 되지만, 요시노리와 대화하는 일은 그가 꼭 있어야만 한다.

그는 조철악에게 주령을 찾는 일을 맡기고 반천성의 고수들을 북경성 주변에 풀어 대대적인 수색을 하도록 했다.

"태 대인!"

연건후는 태무악이 주령을 찾는 일에 직접 나서지 않는 것을 보고 흥분하여 나직이 외쳤다.

태무악은 그가 무엇 때문에 소리치는지 알고 요시노리를 가리키면서 조용히 설명했다.

"연 숙, 이분은 부상국의 장군입니다. 저는 전쟁을 막기 위해서 장군과 대화를 해야 합니다."

연건후의 표정이 복잡하게 변하더니 곧 씁쓸한 표정으로 고개를 끄덕였다.

"알았습니다."

그에게 있어서 주령은 자신의 목숨 천 개보다도 더 소중한 존재이다.

하지만 주령을 구하고 대명제국을 잃으면 무슨 소용이 있겠는가. 그는 주령에게 대명제국이, 백성들에겐 여황 무신제가 얼마나 필요한지 잘 알고 있었다.

"이봐, 나를 내려놔라."

요시노리의 명령투 말에 백일낭은 마치 어린아이를 다루듯 조심스럽게 그를 내려주었다.

"내 동생은 어디에 있는가?"

내실로 자리를 옮긴 직후 요시노리가 궁금한 듯 물었다.

"곧 올 것이오."

하녀가 향기로운 차를 따르고 있는 것을 보면서 태무악이 대답했다.

요시노리는 태무악을 똑바로 쳐다보았다.

"서찰에 적힌 내용에 대해서 자세히 설명해 보게."

태무악은 담담한 어조로 입을 열었다.

"더 보탤 것도 없이 서찰에 적힌 그대로요. 천존은 슈고다이묘가 아닌 여진족이고, 부상국을 이용하여 대명제국을 정복하려는 야욕을 품고 있소."

"흠."

"그리고 나는 북경성에 있던 당신 휘하의 슈고다이묘들을 모두 데리고 있소."

요시노리는 팔짱을 끼고 턱을 가볍게 치켜들었다.

"그들로 나를 협박하겠다는 것인가?"

태무악은 서슴없이 대답했다.

"대화가 통하지 않으면 그럴 생각이오."

탕!

"감히!"

요시노리는 손바닥으로 탁자를 세게 내려치며 호통을 쳤다. 그 바람에 찻잔이 엎어지며 차가 쏟아졌다.

"어디서!"

태무악의 좌우와 뒤에 서 있던 백일낭과 조형구, 사신풍이 출수할 듯 손을 뻗었다.

그와 동시에 요시노리 뒤에 늘어서 있던 미야사무라이들이 일제히 검을 뽑으며 공격 태세를 취했다.

"나서지 마라."

태무악이 조용히 말하자 백일낭 등 세 사람은 공격 자세를 풀었다.

요시노리가 가볍게 고개를 끄덕이자 미야사무라이들도 미끄러지듯 뒤로 물러났다.

태무악은 조금도 동요하지 않고 조용한 목소리로 말했다.

"명나라도 부상국도 안전한 것이 좋지 않소?"

그는 요시노리가 굳은 얼굴로 입을 굳게 다문 채 대답하지 않는 것을 보고 그가 중원정복의 욕심을 버리지 못하고 있는 것으로 판단했다.

"욕심은 화를 부르는 법이오."

"욕심이 아니라면?"

"성공할 것이라고 생각하는 것이오?"

요시노리는 묘한 미소를 지었다.

"자네 말이 거짓이라면 성공하겠지."

"내 말이 사실이라면?"

"실패하겠지."

"당신은 무모한 도박을 할 정도로 어리석은 사람처럼 보이지는 않은데."

"후후… 내가 오랫동안 수하로 두었던 슈고다이묘와 방금 전에 처음 본 자네 둘 중에서 누굴 믿을 것 같은가?"

"물이 오랫동안 고여 있으면 썩는 법이오."

그 말에 요시노리가 말문이 막힌 듯하자 태무악은 여세를 몰았다.

"천존의 아들 행세를 하던 부상국 다이묘 부부를 데려올 테니 직접 물어보시오."

요시노리는 무슨 말을 하고 싶은 듯 입을 달싹거렸으나 말은 하지 않았다.

"현재 명나라의 전 수군(水軍)이 동해상으로 향하고 있소. 명나라 수군이 무적이라는 사실은 알고 있겠지요?"

태무악의 말은 거짓이 아니다. 그는 낮에 대도독, 장군들과 숙의 끝에 몇 가지 결정을 내렸는데, 그중 하나가 수군을 발동하여 동해상에서 부상국 왜군을 저지하는 것이었다.

또한 대명제국의 수군은 가장 크고 빠른 전함(戰艦)을 수천 척이나 보유하고 있으며 용맹하기로 정평이 나 있다.

"또한 대륙 전역의 군사들이 동해와 북방의 국경 지대로 신속하게 이동하고 있는 중이오."

"지금 이동해서는 늦지."

요시노리는 다시 여유를 되찾고 미소를 지으며 말하다가 가볍게 얼굴을 굳혔다.

지금껏 부드러운 표정을 짓고 있던 태무악이 정색하는 것을 보았기 때문이다.

"명나라의 삼십만 군사가 동북쪽과 북, 서쪽의 국경을 방비하고 있소. 그리고 수군 이십만이 동해상 부상국 군대를 향하고 있소. 그들이 웬만큼만 버텨준다면 원군 백만이 속속 당도하여 전세를 뒤집을 것이오."

요시노리는 속셈을 알아내려는 듯 눈도 깜빡이지 않고 태무악을 쏘아보았다.

태무악도 그를 마주 주시하며 정색으로 못을 박았다.

"정히 말이 통하지 않는다면 한번 싸워봅시다."

순간 요시노리는 가볍게 움찔했다. 태무악이 이처럼 빨리 협상을 깰 줄은 예상하지 못했기 때문이다.

그렇지만 요시노리는 만만한 인물이 아니었다.

"자네는 자신이 마치 대명제국의 황제라도 되는 것처럼 결정을 내리고 있군. 자네가 전쟁을 하겠다고 하면 그렇게 될 줄 아는가?"

그러자 이때다 싶은 백일낭이 팔짱을 끼고 의기양양하게 소리쳤다.

"무악은 당금 대명제국의 여황인 무신제의 남편이에요!"

조형구가 득의하게 웃으며 덧붙였다.

"또한 천존에게 뺏길 뻔한 대명제국을 다시 되찾은 국부(國父)이기도 하오."

백일낭과 조형구가 옆에 서 있는 사신풍에게도 기세를 몰아서 한마디 하라는 듯 쳐다보았다.

사신풍은 두 사람의 뜻을 알아차렸으나 태무악에 대해서 알고 있는 것이 거의 없는 터라 당황해서 땀을 뻘뻘 흘리다가 불현듯 얼마 전에 자신이 직접 목격했던 한 가지가 떠올라 씩씩하게 외쳤다.

"뿐인가? 침상에서도 얼마나 정사를 잘하는 줄 아는가?"

그녀는 자신이 목격한 유일한 태무악의 위대함을 목에 핏대를 세워가며 자랑했다.

"이런……."

"말이나 말지."

백일낭과 조형구가 오만상을 찌푸리는 이유를 사신풍은 먼

훗날에야 깨달았다.

어쨌든 요시노리는 태무악이 여황의 남편이며 대명제국을 구한 국부라는 사실을 새롭게 알게 되어 적잖은 충격을 받은 듯했다.

그리고 자신이 지금 명실상부한 대명제국의 실권자와 마주하고 있다는 생각이 들었다.

"한번 싸워보자고?"

요시노리는 혼잣말처럼 나직이 중얼거렸다.

그는 자신이 벼랑 끝에 내몰렸다는 사실을 깨달았다. 더 이상 물러날 곳이 없다.

이제 가부간의 결정을 내려야만 한다. 하지만 이 결정이 부상국의 존망을 좌우할 것이므로 결코 섣불리 내릴 수는 없는 일이다.

'천존… 슈고다이묘가 정말 여진족이라면……'

그는 내심 무겁게 중얼거렸다. 정말 그렇다면 천존이 부상국을 이용하고 있는 것이 틀림없다.

중원정복이 성공하고 나면 득은 천존이 모조리 가져갈 것이고, 부상국은 일패도지 재기불능의 상황에 빠지고 말 것이다. 물론 장군인 자신의 목숨도 장담할 수 없다. 그야말로 파국(破局)을 맞이하는 것이다.

그러나 신풍혈수가 중원을 구하기 위해서 이간질을 하고 있는 것이라면, 장군과 천존 쪽은 자중지란에 빠져 그 역시 파국을 맞이할 것이다.

"음. 생각할 시간을 주게."

결국 요시노리는 무겁게 신음을 흘리며 그렇게 요구했다.

*　　　*　　　*

쉬이익! 쉭! 쉭!

"허억! 헉헉."

영정하 강변 우거진 마른 갈대숲 속에서 바람을 가르는 날카로운 파공음과 거친 숨소리가 흘러나왔다.

두 명의 암살자가 앞뒤에서 화운성에게 맹공을 퍼붓고 있는 중이었다.

현재 화운성은 다섯 군데에 검상을 입은 상태다. 주령을 업고 있기 때문에 동작이 원활하지 못한데다, 그녀를 죽이려는 암살자들의 공격을 막거나 피하지 못했을 때 자신의 몸으로 대신 찔리거나 베였기 때문이다.

그는 주령을 보호하기 위해서 결사적이었다. 자신이 죽어도 주령만큼은 기필코 살리겠다는 각오다. 주령을 사랑하는 마음과 태무악과의 우정이 그 이유다.

자금성에서 주령을 업고 탈출한 지 한시진 반이 지났다.

그는 반천성으로 곧장 갈 생각이었으나 바짝 추격하는 네 명의 암살자 때문에 그럴 수 없는 상황이었다.

자금성에서 삼십여 리 거리인 이곳까지 도주해 오는 동안에 그는 두 명의 암살자를 어렵게 죽이고 지금은 나머지 두 명에게 붙잡혀 고전을 하고 있었다.

"화 상공, 저를 내려주세요. 이대로는 둘 다 죽어요."

주령이 안타깝게 말했으나 화운성은 듣지 못한 듯 사력을 다해서 수중의 부채를 휘둘렀다.

그의 부채는 이미 너덜너덜하고 절반 정도 잘라져서 제 기능을 발휘하지 못하고 있었다.

쐐애액! 쐐액!

암살자들은 천존과 같은 무공을 사용하고 있었다. 천존의 심복수하들이니 그의 무공을 사용하는 것은 당연했다.

문제는 화운성도 천존에게서 무공을 배웠기에 암살자들과 같은 무공을 사용한다는 사실이다.

그런 탓에 화운성은 암살자들의 무공 초식을 훤히 꿰뚫고 있었지만 암살자들 역시 마찬가지였다.

화운성은 팔과 옆구리, 어깨, 허벅지, 정강이 다섯 군데를 검에 찔리거나 베었다. 상처들의 공통점은 모두 몸의 앞면이라는 사실이다.

등에 업고 있는 주령을 보호하려다가 당했음은 두말할 필요도 없다.

암살자들의 무위는 화운성에 비해서 한 수 정도 아래지만 두 명이 합공을 하니 오히려 화운성보다 절반 이상 강한 위력을 발휘했다.

화운성은 이미 극도로 지친 상태였다. 공력은 평소의 육성 정도밖에 남지 않았다.

또한 다섯 군데 상처는 중상이 아니지만 피를 많이 흘려서 어질어질했다.

화운성은 절망감을 느꼈다. 평생 지금 같은 절망감은 한 번도 느껴본 적이 없었다.

아마도 주령을 제대로 보호하지 못할 것 같은 초조함 때문에 더한 것 같았다.

그는 또한 한계를 느끼고 있었다. 손을 휘두르는 동작과 보법을 펼치는 발이 점차 느려지고 있는 것을 여실히 느끼고 있었다.

'이 상태로는 일각도 버티지 못한다. 아아… 어떻게 하면 좋단 말인가? 내가 죽더라도 폐하를… 온전하게 태 형에게 돌려보내야만 하는데…….'

쉬이익! 스파아!

그 순간 두 명의 암살자가 전면과 배후에서 동시에 공격을 가해왔다.

지금까지와는 달리 지독하게 빠르고 강맹한 공격이었다. 더구나 급소를 노리는 것이라서 약간 빗나가기만 해도 찔리거나 베이면 치명적이 될 터였다.

하나의 공격이라면 어떻게든 피할 수 있으련만, 두 개를 동시에 피하는 것은 지금으로선 역부족이었다.

그러나 화운성의 고민은 그리 길지 않았다. 그는 즉시 결정을 내렸다.

전면에서의 공격을 포기하고 배후에서의 공격을 피하기로. 그것은 자신은 죽더라도 주령만은 살리겠다는 비장한 각오와 다름 아니다.

그는 젖 먹던 힘을 다해서 재빨리 보법을 밟으며 상체를 왼쪽으로 비스듬히 쓰러뜨렸다.

피잇!

다음 순간 주령의 목을 노리고 찔러오던 암살자의 검이 아슬아슬하게 그녀의 귓가를 스치고 지나갔다.

검이 손가락 한 마디 정도만 안쪽으로 찔렸다면 주령의 턱이 관통되었을 것이다.

그러나 위험은 그것으로 끝나지 않았다. 검이 빗나가자 주령의 반 장까지 쇄도한 암살자가 왼손을 뻗어 주먹으로 그녀의 머리를 후려쳐 왔다.

상체가 비틀린 자세의 화운성은 곁눈으로 힐끗 그 광경을 목격하고 안색이 하얗게 탈색됐다. 그로서는 어찌 해볼 방법이 없는 상황이었다.

암살자의 주먹이 주령의 아름다운 얼굴을 향해 무지막지하게 뻗어져 가는 것을 봐야만 하는 화운성의 얼굴이 참담하게 일그러졌다.

"윽!"

그때 암살자가 동작을 뚝 멈추며 답답한 신음을 흘렸다.

주령은 오른팔을 암살자의 왼팔 아래로 겹쳐서 쭉 뻗고 있는데, 그녀의 손에 어느새 한 자루의 은빛 검이 쥐어져 있었고, 검의 절반 정도가 암살자의 겨드랑이 속으로 깊숙이 꽂혀 있는 상태였다.

즉, 위기의 순간에 주령은 품속에서 초월검을 꺼내 암살자를 찌른 것이다.

그녀는 최초에 태무악이 옷 안쪽에 초월검을 매달아준 이후 틈만 나면 발검하는 연습을 했었다.

그래서 다른 것은 몰라도 발검 기술 하나만은 괄목할 만한 수준에 이르러 있었다.

초월검은 암살자의 왼쪽 겨드랑이를 쑤시고 들어가 심장에 깊이 꽂힌 상태였다.

푹!

"흑!"

순간 전면에서 공격하던 암살자의 검이 화운성의 오른쪽 가슴을 깊숙이 찔렀다.

아니, 찔린 순간 그는 상체를 급히 확 비틀었다.

쨍!

그 바람에 암살자의 검이 두 동강이 났다.

만약 그가 상체를 비틀지 않았으면 검이 등 뒤로 빠져나가 주령마저 찔렀을 것이다.

하지만 상체를 비틀어 몸속에 들어온 검을 두 동강 내는 바람에 주령은 무사할 수 있었으나 그의 갈비뼈와 장기는 조각이 나버렸다.

"크으……."

풀썩!

화운성은 가슴에 부러진 검을 꽂은 채 비틀거리다가 그 자리에 힘없이 주저앉았다.

그러자 기다렸다는 듯이 부러진 나머지 절반의 검을 쥔 암살자가 쏜살같이 덮쳐 왔다.

"아아… 이럴 수는 없다. 이럴 수는……."

화운성은 덮쳐 오는 암살자를 충혈된 눈으로 쳐다보면서 눈물을 왈칵 쏟았다.

여기까지 겨우 왔는데 주령이 죽어야만 한다는 사실이 너무도 억울했다.

"고마워요, 화 상공."

그때 등 뒤에서 포근한 목소리가 들렸다. 죽음을 예감한 주령이 마지막 인사를 하는 것이다.

끝까지 지켜주지도 못했는데 고맙다니, 화운성은 머리털이 쭈뼛거릴 만큼 미안하고 죄스러웠다.

"폐하… 저는……."

그는 목이 메어 말을 잇지 못했다.

그사이에 암살자의 검은 반 장 앞으로 쇄도하고 있었다.

그 순간이었다.

"이런 후레자식이 있나! 감히 나의 아리따운 제수씨를 죽이려 들어?"

느닷없이 허공중에서 천지를 떨어 울리는 커다란 호통성이 터지더니 한줄기 어마어마한 강기가 급전직하 암살자를 향해 내리꽂혔다.

쿠아앗!

무극신강의 이초식인 섬신강이 번갯불처럼 암살자의 머리를 강타했다.

퍽!

암살자의 머리는 잘 익은 수박이 박살 나듯 피와 뇌수를 흩뿌렸다.

"령아!"

"큰오라버니……."

갈대숲에 내려선 조철악이 크게 외치며 달려오자 저승에 한 발을 들여놓았던 주령은 와락 눈물을 쏟았다.

화운성은 안도의 표정을 지으며 안간힘을 쓰면서 일어나려고 했으나 몸이 말을 듣지 않았다.

급히 다가온 조철악이 화운성의 어깨를 잡더니 가볍게 일으켜 주었다.

그때 뒤따라온 단가상과 우란, 단유랑, 강탁 등이 우르르 주위에 내려섰다.

조철악을 비롯한 그들은 주령을 업고 있는 화운성의 상처 입은 모습을 보곤 그가 주령을 보호하려고 얼마나 필사적이었는지 한눈에 알아보고 큰 감동을 받았다.

"령아를 지켜주어서 고맙다, 운성아."

조철악이 진심 어린 표정으로 걸걸하게 말하자 화운성은 계면쩍은 미소를 지었다.

더구나 그는 조철악이 친근하게 '운성아'라고 불러준 것이 정말 고마웠다.

그래서 자신의 친형이 요시노리가 아니라 조철악 같다는 느낌마저 들었다.

그때 조철악의 시선이 주령의 엉덩이를 받치고 있는 화운성의 왼 손바닥으로 향했다.

"이 녀석이 감히 령아의 엉덩이를!"

"아… 저는……."

화운성이 당황해서 급히 손을 떼자 주령이 그의 등에서 주르르 미끄러져 내렸다.

조철악은 주령을 덥석 안아 단가상에게 넘겨주고 나서 화운성에게 자비를 베풀었다.

"흠. 이번만은 눈감아주겠다."

"감사합… 윽!"

화운성은 고개를 숙이다가 가슴을 움켜잡고 고통스러운 신음을 흘리며 비틀거렸다.

조철악이 화운성을 붙잡고 등을 내밀었다.

"업혀라."

화운성은 고통 때문에 비지땀을 흘리면서도 당황해서 더듬거렸다.

"저… 저는……."

조철악은 우격다짐으로 그를 업으며 호통을 쳤다.

"인석아! 형이 업겠다는데 뭐가 문제냐? 혼나기 전에 당장 업히지 못하겠느냐?"

조철악의 강철처럼 단단하고 너른 등에 업힌 화운성은 처음으로 가족의 따뜻함을 느꼈다.

第百三十六章
출정(出征)

대무신
大武神

 요시노리는 한시진이 지나도록 어떻게 해야 할지 결정을 내리지 못했다.
 하지만 그의 고민은 화운성이 반천성 청은각에 도착함으로써 끝났다.
 천존이 화운성에게 해주었던 이야기를 하나도 빼놓지 않고 고스란히 다 들었기 때문이다.
 동이 트기까지는 두 시진 정도가 남은 시각이었다.
 화운성의 말에 의하면 천존은 동이 튼 직후 이른 아침에 총공격 명령을 내린다고 했다.

대화가 급물살을 탔다. 태무악은 요시노리와 반 시진에 걸쳐서 긴밀한 회의를 했다.

이후 요시노리는 천존이 있는 명옥장으로 돌아갔다.

그는 떠나기 전에 중상을 입고 침상에 누워 있는 화운성의 손을 오랫동안 잡고 있었다.

그때 화운성은 요시노리의 눈에 눈물이 고여 있는 것을 언뜻 발견했다.

그리고 그는 조철악에게서 느꼈던 감정하고는 또 다른 뭉클한 감정을 맛보았다. 그것은 아마도 혈육의 정일 것이다.

화운성은 요시노리를 따라 명옥장으로 돌아갈 수 없는 처지가 되었다.

여태까지는 마음으로만 사부에게 등을 돌리고 있었으나 이번에는 주령을 죽이러 온 암살자들을 죽임으로써 행동으로 사부를 배신했기 때문이다.

암살자들은 모두 죽었기 때문에 화운성이 배신을 한 사실을 천존은 모를 것이다.

그래도 화운성은 돌아갈 수가 없다. 마음이 용납하지 않기 때문이다.

"예아가 죽었다고?"
태무악은 중얼거리면서 넋 나간 표정을 지었다.

"그녀는 소녀 때문에 죽은 거예요. 소녀 때문에……."

반천성 청은각에 도착한 직후부터 주령은 내내 울기만 해서 두 눈이 새빨갛게 충혈된 상태였다.

태무악은 요시노리와 상의를 하느라 주령을 만날 여유조차 없었다.

요시노리를 보내자마자 주령을 만나러 왔는데, 그녀가 울면서 하는 첫마디가 단예가 죽었다는 것이다.

주령은 단예가 죽는 것을 보지 못하고 화운성에게서 전해 들었다.

만약 단예가 처참하게 죽는 모습을 봤더라면 그녀는 아예 혼절을 하고 말았을 것이다.

"예아가 죽었다고……?"

태무악은 그 말을 되풀이하다가 벌떡 일어나서 밖으로 달려나가며 외쳤다.

"예아의 시신을 가져왔느냐?"

단예는 죽는 순간처럼 눈을 부릅뜨지도 입을 벌리고 있지도 않았다.

마치 잠을 자듯 평온한 모습이었다. 단지 얼굴에 떠올라 있는 공포에 질린 표정만 없다면…….

단예가 누워 있는 침상 주위에는 태무악과 조철악, 백일낭,

사군악, 조형구 등의 측근과 단예의 부친과 오빠인 단현림, 단유랑이 둘러서 있었다.

단예의 부친이며 오빠인 단현림과 단유랑 두 사람은 더없이 침통한 표정으로 단예를 쏘아보고 있었다.

그들은 울지 않으려고 안간힘을 썼으며, 두 눈은 붉게 충혈되어 있었다.

그들뿐만 아니라 모두들 침통하기 짝이 없는 모습이었다. 단예는 모두에게 가족이나 다름이 없는 존재였다.

그래도 단현림과 단유랑이 끝까지 울지 않고 버틸 수 있는 이유는, 단예가 대명제국의 여황을 살리고 대신 숭고하게 죽었기 때문이다.

그러나 단예의 죽음을 누구보다도 비통하게 여기는 사람은 우란이었다.

그녀는 자금성으로 가서 단예와 교대를 해주라는 태무악의 명령을 어기고 천존의 거처로 사도옥을 만나러 갔었다.

만약 그녀가 명령을 어기지 않고 단예와 제대로 교대를 해주었다면 그녀는 죽지 않았을 것이다.

그래서 우란은 가슴이 송두리째 갈가리 찢어지는 듯 괴로웠다. 단예가 자신을 대신해서 죽었다는 생각이 머리에서 떠나지 않았던 것이다. 되돌릴 수만 있다면 단예 대신 자신이 죽고 싶은 심정이었다.

"폐하! 성주께서 들어가시면 안 된다고 말씀하셨습니다."

"비켜라! 나는 반드시 그녀를 봐야만 한다!"

그때 방문 밖에서 황궁고수의 간곡한 목소리와 주령의 호통소리가 들렸다.

그러더니 방문이 열리고 주령이 달려들어 왔다. 황궁고수가 차마 그녀를 붙잡지 못한 것이다.

침상 위에 누워 있는 단예를 발견한 주령은 그 자리에 얼어붙고 말았다.

그리고 주령을 보는 모두의 얼굴엔 더할 수 없는 연민과 처연함이 떠올랐다.

단예의 죽음을 누구보다도 안타까워할 사람이 주령이라는 사실을 잘 알기 때문이다.

주령은 쓰러질 듯이 비틀거리면서 침상으로 걸어왔다.

우란이 급히 부축했으나 뿌리치고 끝내 침상까지 다가왔다. 그러는 동안 그녀의 눈길은 단예에게서 떨어질 줄을 몰랐다.

주령은 단예를 보면서 온몸을 와들와들 떨었다. 그리고 폭포수 같은 눈물을 쏟았다.

"예 언니……."

그 말뿐이었다. 그리고 그녀는 입에서 왈칵 핏덩이를 토하고는 그대로 혼절해 버렸다.

그녀의 그런 모습은 단현림과 단유랑에게 충분히 위로가 되고도 남았다.

*　　　*　　　*

동이 트기 직전의 명옥장은 여전히 무거운 침묵에 휩싸여 있었다.

"성이와 옥이 둘 다 거처에 없다고?"

"그렇습니다."

화운성과 사도옥의 거처를 지키던 심복수하는 죽을죄를 지은 듯 부복한 자세에서 고개를 들지 못했다.

화운성이나 사도옥이 마음만 먹으면 심복수하 모르게 거처를 빠져나가는 것은 어렵지 않은 일이다. 그러니 굳이 심복수하를 나무랄 일은 아니었다.

하지만 천존은 화운성과 사도옥이 몰래 명옥장을 빠져나간 일을 그다지 신경 쓰지 않았다.

최악의 경우 그들 두 사람이 태무악에게 갔다고 해도 염려할 일은 없다.

어차피 사도옥과 태무악을 혼인시킬 계획이니까 아내가 남편을 찾아간 것이 무슨 대수겠는가, 라는 생각이다.

태무악이 사도옥과의 혼인을 어떻게 생각하든, 이번 총공격에 그가 어떻게 나오든 그 역시 상관없는 일이다.

천존은 태무악을 설득할 자신이 있었고, 설득이 먹히지 않으면 다른 방법도 여러 가지 있었다.

또한 공력을 잃은 그가 반격을 해봤자 얼마나 영향을 미치겠는가.

더구나 현재 천중신군의 실체 중 하나인 천외사세의 오천 고수가 반천성과 제이 반천성을 물샐틈없이 포위하고 있는 상태다.

반천성에 무림의 오합지졸이 아무리 꾸역꾸역 모여들어도 천외사세 정도면 능히 섬멸하고도 남을 것이라는 게 천존의 판단이었다.

천존 직속 휘하 정보 조직인 무라새의 보고에 의하면, 반천성에 운집한 무림 군웅이라는 것들은 하나같이 오합지졸이라고 했다.

모든 것이 순조롭다. 이제 잠시 후 총공격 명령을 내리고 자금성으로 직행하면 된다.

그전에 마지막으로 장군이라는 자에게 잠시만 수하인 채 굽실거리는 일이 남았을 뿐이다.

"장군은?"

"거처에 있습니다."

"가자."

형식뿐인 총공격의 허락을 받기 위해서 천존은 장군 요시노리의 거처를 향해 가벼운 발걸음을 옮겼다.

단지 여황을 암살하러 간 수하들로부터 아직 아무런 보고가 없는 것이 조금 께름칙하기는 했지만, 여황을 죽이지 못해도 상관이 없다.

그래 봐야 밤에 죽을 목숨 아침까지 잠시 연장하는 것에 불과할 테니까.

*　　　*　　　*

"수피야……."

태무악은 꼭두새벽에 일어나서 분주하게 요리를 하여 이른 아침상을 차린 수피를 보며 말문이 막혔다.

식탁에는 평소에 태무악이 좋아하는 요리로만 한 상 그득하게 차려져 있었다.

수피를 바라보는 태무악의 눈에 애잔함이 젖어들었다.

수피를 거둔 이후 태무악은 그녀에게 거의 신경을 써주지 못했다.

그런데도 그녀는 한마디 불평이나 싫은 내색조차 없이 언제나 있는 듯 없는 듯 태무악 곁에 머물면서 내조를 아끼지 않았다.

태무악은 주령을 아내로 거두고, 만난 지 얼마 안 되는 어린 사도옥마저 자신의 여자로 거두었으면서 정작 수피에게는 전혀 신경을 쓰지 못했다.

"식기 전에 어서 드세요."

수피는 태무악이 바라보자 수줍은 듯 얼굴을 붉히며 작은 목소리로 말했다.

"그래."

태무악은 자리에 앉으며 이번 일이 무사히 끝나면 수피에게 많은 시간을 할애해야겠다고 생각했다.

"앉아라. 너도 같이 먹자."

태무악이 오른쪽 옆자리를 가리키자 수피는 말없이 미소를 지으면서 주방으로 가버렸다.

그때 태무악의 최측근들이 들어오기 시작했다. 그들은 알아서 식탁 둘레에 앉았는데, 주령과 사도옥은 자연스럽게 태무악의 좌우에 앉았다.

그것을 보면서 태무악은 또 한 번 마음이 착잡했다. 수피가 자신의 옆자리에 앉지 않고 가버린 이유를 그제야 깨달았기 때문이다.

수피가 주방에서 다시 나왔다. 그녀는 환한 미소를 지으면서 사람들에게 일일이 인사를 하고 그때부터 그들의 식사를 세심하게 시중들었다.

태무악은 식사를 하는 내내 마음이 무거웠다.

*　　　*　　　*

　을시(乙時:아침 7시). 드디어 총공격 명령이 떨어졌다.
　천존과 장군 요시노리는 천중신군의 실체 중에 봉래도와 변황이벌의 정예고수 일천여 명을 이끌고 곧장 자금성으로 진격했다.
　그리고 구주신계와 장백파, 해남도, 중원오비, 무이사곡, 갑이쌍인 고수 만여 명에게는 북경성을 장악한 후 굳게 지키라는 명령을 내렸다.
　자금성과 북경성을 장악하고 최소한 보름만 기다리고 있으면, 국경과 동해 연안을 파죽지세로 짓밟은 여진과 몽골, 부상국의 백만대군이 입성을 할 것이라는 계산이다.
　그런데 천존과 장군 일행이 북경성에 진입하기 직전에 작은 문제가 생겼다.
　장군이 북경성 백성들을 모두 멀리 소개(疏開)시킬 것을 명령했기 때문이다.
　이유는 간단했다. 장군의 말인즉, 무고한 백성을 전쟁 때문에 희생시키지 않는 것이 자신의 철칙이라는 것이다.
　천존은 장군의 명령에 따르지 않을 수가 없었다. 아직까지는 그가 절대자이기 때문이다.

그렇지만 북경성에 백성이 없더라도 별문제될 것은 없다는 것이 천존의 판단이었다.

구태여 백성을 인질로 잡지 않을 바에야 그들은 오히려 거치적거리는 귀찮은 존재일 수 있다.

천존 일행은 자금성으로 향하고, 북경성 장악을 맡았던 천중신군의 실체가 북경성 백성의 강제 소개를 맡았다.

꽈꽝!

굉렬한 폭음과 함께 자금성의 어마어마한 전문이 산산조각 나서 흩어졌다.

전문을 부순 구주신계의 우두머리 중 한 명이 의기양양한 모습으로 비켜섰다.

천존은 장군 요시노리에게 정중히 허리를 굽히면서 전문을 가리켰다.

"드시지요, 장군."

그러나 요시노리는 뒷짐을 지고 고개를 가로저었다.

"싸움은 보는 것도 지겹다. 나는 여기에 있다가 정리가 되고 나면 들어가겠다."

그러자 천존은 흐릿하게 미소 지었다. 그러는 편이 천존에게도 편했다.

자금성 안에 들어가서 요시노리 모르게 몇 가지 작업을 해

둘 것이 있기 때문이다.

"그럼 속하가 정리된 후에 장군을 모시겠습니다."

천존은 정중히 허리를 굽힌 후 백오십 명의 미야사무라이로 하여금 요시노리를 경호하도록 하고 자신은 수하들을 이끌고 자금성으로 들어갔다.

그런데 전문 안, 그러니까 자금성 외성은 텅 비어 있었다. 군사는커녕 개미 새끼 한 마리 보이지 않았다.

"이것들이 꼼수를 쓰는 모양입니다."

"우리가 올 줄 알고 내성 쪽에 모여서 여황을 지키고 있는 듯합니다."

우두머리 몇 명이 자신의 의견을 내놓았다.

천존은 빙그레 미소를 지었다. 황궁고수와 동창, 서창, 황군이 꼼수를 쓰든 함정을 파놓았든 개의치 않았다. 모조리 깨부술 자신이 있기 때문이다.

"가자."

나직한 말과 함께 천존은 행운유수처럼 내성을 향해 유유히 쏘아갔다.

그러나 천존의 미소는 그리 오래가지 못했다.

자금성이 외성만이 아니고 내성까지도 완전히 텅 비었다는 사실을 확인하고는 더 이상 미소를 지을 수가 없었다.

수하들에게 샅샅이 뒤지라고 명령을 하고도 모자라서 그는 직접 내성의 전각들을 직접 뒤지고 다녔으나 결과는 마찬가지였다.

 자금성은 텅 비었다. 여황 무신제를 비롯하여 황족과 고관대작, 황궁고수와 황군, 심지어 환관과 시녀들까지 증발을 해 버린 것이다.

 드넓은 광장 한복판에 우뚝 선 천존의 입가에 희미한 미소가 떠올랐다.

 "이것들이 나하고 장난을 치자는 것인가?"

 그때 외성 쪽을 지키던 수하의 보고를 받은 우두머리 한 명이 급히 천존에게 달려와 보고했다.

 "천위(天位), 장군이 없어졌습니다."

 여진족이나 천중신군 실체들에게 천존은 '천위'라는 극존칭으로 불린다.

 "그가 갈 곳이 어디 있다는 말이냐?"

 우두머리가 다음에 한 말은 천존의 입가에서 엷은 미소마저 사라지게 만들었다.

 "장군과 호위무사들은 물론, 북경성 서쪽 부성문(阜城門)을 지키던 갑이쌍인 천오백 명도 감쪽같이 사라졌습니다."

 갑이쌍인은 갑가(甲家)와 이가(伊家)를 합친 말로 부상국의 최고 인자 집단을 말한다.

즉, 갑이쌍인은 장군의 명령으로 오래전에 중원에 파견되어 천존 휘하에 있던 자들이다.

천존의 눈썹이 슬쩍 찌푸려지면서 하나의 그림이 머릿속에서 빠르게 그려졌다.

장군은 도주를 했다. 그래서 자금성에 들어오지 않고 밖에서 기다리겠다고 말한 것이다.

그리고는 천존이 자금성에 들어간 사이에 갑이쌍인이 지키고 있던 서쪽 부성문을 통해서 유유히 빠져나갔고, 갑이쌍인마저 그 뒤를 따른 것이다.

"장군이 도주를 해?"

잠시 후면 자금성을 장악하게 될 것이고, 보름 후면 대명제국을 포함한 중원천하를 굴복시켜 바야흐로 만인지상의 절대자가 될 장군이다.

또한 누구도 이룬 적이 없는 부상국과 대명제국, 고려의 삼국통일을 이루겠다는 대야망을 품고 있는 그가 도주를 할 이유가 없다.

그것이 모두 천존의 음모고 장군은 결코 살아서 부상국으로 돌아가지 못한다고 해도, 그런 사실을 모르고 있는 장군이 도주를 할 리가 없는 것이다.

그렇지만 현실은 장군이 도주했을 가능성이 높다는 것을 보여주고 있다.

천존은 아까 장군이 있던 곳을 중심으로 인근을 샅샅이 뒤져 보라 지시하고 어느 전각 아래로 걸어가서 돌계단 위에 걸터앉았다.

장군을 찾아보라고 수하들에게 지시했으나 그들이 갖고 올 보고를 천존은 미리 알 수 있을 것 같았다.

'놈은 도주한 것이 분명하다.'

천존의 머리가 비상하게 회전했다.

'자금성은 비어 있고 장군이 도주를 했다는 것은?'

제일감은 여황과 장군이 결탁을 했다는 뜻이다. 있을 수도 없고 가능성도 없는 일이지만, 그렇게밖에 생각할 수가 없는 현실이다.

아니, 두 번째 생각도 세 번째 생각도 마찬가지다. 그렇게밖에는 결론이 나지 않았다.

'비밀이 샜다!'

비밀이 새서 장군의 귀에 들어갔을 가능성이 짙었다. 그런 가정하에서만 잠시 후의 절대자 자리를 버리고 장군이 도주했다는 사실이 납득이 간다.

'대체 어디에서 샜단 말인가?'

천존의 두뇌는 경천동지할 정도로 비상하다. 그는 지난 오십여 년 동안 이 거대한 계획을 순전히 혼자서 궁리하고 계산하여 이루어왔다.

만약 대업이 성공한다면, 그것은 오로지 그의 노력 덕분이고 그의 몫이다.

'사도헌!'

한순간 그는 주먹을 움켜쥐며 속으로 외쳤다. 자신의 아들 행세를 하던 부상국의 다이묘 부부에게서 정보가 샜을 가능성이 높았다.

그러나 그는 곧 고개를 가로저었다.

'아니다. 그놈은 그리 많은 것을 알고 있지 않다. 장군이 내게 등을 돌리고 외려 여황과 결탁할 정도로 배신감을 느꼈다면……'

해답은 즉시 나왔다. 다만 천존은 그 사실이 잘 믿어지지 않았을 뿐이다.

'설마 운성이가……'

그는 세상에서 단 두 사람만을 믿는다. 손녀 사도옥과 제자 화운성이다.

그저 작은 부락에서 오순도순 살고 싶다며 아비의 뜻에 따르지 않았던 아들 부부, 즉 진짜 사도헌 부부는 천존의 손에 죽임을 당했다.

아들 부부를 자신의 손으로 죽였을 정도로 비정한 아비였던 만큼, 손녀와 제자에게 쏟은 사랑과 기대는 컸고, 그만큼 믿음도 깊었다.

'운성이 이 녀석이……'

속으로 한 번 더 중얼거릴 때, 그는 화운성이 자신을 배신했다는 사실을 확신했다.

그래야만 화운성과 사도옥이 밤사이에 나란히 장원을 빠져나간 것이 설명이 된다.

그 둘은 태무악에게 갔을 것이다. 그에게 고주알미주알 다 일러바친 것이다.

또 화운성은 친형인 요시노리가 이용만 당하고 죽을 것이라 예상하여 그를 반천성으로 불러들여서 천존을 배신하게 만들었다.

혈육의 정이 아무리 강해도 자신이 키우고 가르친 정이 더 크다고 생각했던 천존이다.

또한 그는 화운성에게 중원대륙의 황제 자리를 물려주겠다고 약속했었다. 그런데 화운성은 그것들을 가차없이 걷어차 버린 것이다.

천존은 입을 굳게 다물고 허공의 한 점을 주시했다. 그사이에 장군을 찾으러 갔던 수하가 돌아와서 아무리 찾아봐도 장군이 보이지 않는다고 보고했으나 천존의 귀에 제대로 들어오지 않았다.

'그래 봐야 변하는 것은 없다.'

이윽고 생각을 끝낸, 아니, 장군의 도주, 그리고 제자와 손녀의 배신에 대한 노여움과 감정을 정리한 천존은 돌계단에서 일어섰다.

 반천성으로 가서 어린 세 놈을 제압하고, 그놈들에게 놀아난 장군을 붙잡아서 약간의 겁을 주면 모든 것은 다시 제자리를 찾을 것이다. 그때까지만 해도 천존은 이것이 큰 문제가 아니라고 생각했다.

 "반천성으로 간다."

 그는 돌계단 아래로 내려가며 조용히 명령했다.

 하지만 천존은 반천성에 가지 못했다, 아니, 아예 북경성을 빠져나가지도 못했다.

 북경성 전체를 어마어마한 수의 무림 군웅들이 수십 겹으로 포위하고 있었기 때문이다.

 무엇보다도 천존을 놀라게 한 것은 두 가지였다.

 우선 포위한 무림 군웅의 엄청난 수에 놀랐다. 그는 반천성이 있는 영정하로 가는 관문인 서쪽 부성문 성루에 서 있었는데, 그의 전면에 펼쳐져 있는 무림 군웅의 수만 해도 족히 삼사만 명은 될 듯했다.

 그렇다면 북경성 전체를 포위하고 있는 수는 어림잡아도 수십만 명에 이를 것이라는 계산이다.

 아니, 실제 속속 들어오는 수하들의 보고에 의하면 북경성을 포위하고 있는 무림 군웅의 수가 천존이 계산하는 것보다 최소한 두 배 이상 많다는 것이었다.

그리고 천존을 놀라게 한 또 한 가지는 그들이 모두 천중신군이라는 사실이다.

천존이 필요에 의해서 지난 오십여 년 동안 끌어모아 이용하다가 쓸모가 없어지자 헌신짝처럼 내버렸던 바로 그 천중신군인 것이다.

그들을 모을 때는 다다익선(多多益善), 무조건 많으면 많을수록 좋았다.

그런데 그들이 적이 되어 다시 나타나자 많다는 것이 역효과가 돼버렸다.

천존은 천중신군이라는 떨거지들을 이날까지 한 번도 본 적이 없었다.

명령만 내리면 궂은일은 죄다 그들이 도맡아서 처리했으나 정작 천중신군의 누구도 본 적이 없었다.

그들이 천중신군이라고 천존이 확신을 한 이유는 한 사람을 발견했기 때문이다.

부성문 성루 전방 삼백여 장 거리에 포진해 있는 무리들 전면에 우뚝 서 있는 한 인물.

그는 바로 백호사자 궁무였다.

"궁무······."

천존이 지그시 악문 어금니 사이로 짓이기는 듯한 중얼거림이 흘러나왔다.

바로 이때부터 그는 그동안 견지하고 있던 여유와 미소를 잃어버렸다.

第百三十七章
무신(武神)

대무신
大武神

천외사세는 변황의 동서남북 네 개의 세력을 일컫는다.

그들은 각기 자신의 지역에서 강대한 세력을 구축하고 있으며, 이번 중원행에 자파에서 가장 고강한 정예고수들만을 선발해서 왔다.

그 수가 자그마치 오천이다. 무림의 대문파 서너 개를 합쳐놓은 정도의 수이고, 위력 면에서는 그 열 배 이상이다.

천외사세는 반천성과 제이 반천성을 각기 이천오백여 명씩으로 겹겹이 포위하고 있었다.

신풍혈수를 비롯한 그의 측근들과 무림 군웅들을 옴짝달싹 못하게 묶어놓으라는 천존의 명령이었다.

천존도 천외사세도 그 정도면 반천성을 충분히 제압할 수 있을 것이라고 낙관했었다.

그리고 천존은 나중에 느긋하게 반천성에 나타나서 자신이 거둘 세 아이들, 태무악과 사도옥, 화운성을 달래서 설득하거나 위협할 요량으로 그런 명령을 내렸다.

반천성과 제이 반천성은 아무런 움직임이 없었다. 포위당한 사실을 알고 있는 것인지, 아니면 천존의 총공격에 아예 손을 놓고 있는 것인지 꼼짝도 하지 않았다.

그런데 반천성 너머에서 부옇게 동이 틀 무렵.

돌연히 광풍이 몰아쳤다. 포위하고 있는 천외사세 배후에서 수많은 무림 군웅들이 일제히 급습을 개시한 것이다.

그들을 단지 '수많은'이라고 표현하는 것은 부족했다. 그것은 그저 '수많은'이 아니라 '어마어마하게 많은'이나 '무한정으로 많은'이라고 설명을 해야 마땅할 것이다.

시야에 보이는 모든 곳이 무림 군웅으로 새카맣게 뒤덮였다. 들판과 언덕, 나무들은 보이지 않고 보이는 것은 오직 사람, 사람뿐이었다.

그들의 선두에는 태무악을 비롯한 조철악과 화운성, 사군악, 백일낭, 조형구, 단가상, 우란, 단유랑, 강탁, 단현림, 우무평, 삼풍호개, 유림, 유청, 철장신개와 청운자, 분광검협을 비롯한 구파일방의 장문인들, 무림의 내로라하는 수백 명의 명숙, 그리고 그 뒤를 피가 끓는 의혈영웅들이 도검을 움켜잡고 질풍노도처럼 달려왔다. 반천성과 제이 반천성만 뚫어지게 주시하고 있던 천외사세는 그야말로 허를 찔리고 말았다.

그토록 물샐틈없이 지키고 있었는데 무림 군웅들이 하늘에서 떨어지고 땅에서 솟은 것처럼 한꺼번에 나타나자 천외사세 고수들은 크게 당황했다.

반천성과 제이 반천성은 애당초 지을 때 밖으로 멀리 통할 수 있는 통로를 지하로 길게 파서 유사시에는 그곳으로 출입을 할 수 있게 만들어놓았다는 사실을 천외사세가 알 리 없다.

반천성의 무림 군웅들은 아직 어둠이 걷히지 않은 꼭두새벽부터 차례차례 지하 통로를 통해서 성을 빠져나와 천외사세를 완전히 포위해 버렸다. 그리고 동이 트자마자 일제히 총공격을 가한 것이다.

"와아아!"

콰차차차창!

천지를 뒤흔드는 우레 같은 함성과 무기끼리 부딪치는 소리, 그리고 애절한 비명 소리가 영정하 강변 드넓은 구릉과 초원 지대를 뒤덮었다.

변황의 절대자인 천외사세라고 하지만, 이 상황에서는 어떻게 해볼 방도가 없이 무너지고 있었다.

우선 급습을 당했다. 완전히 허를 찔린 것이다. 그리고 반천성의 무림 군웅이 턱없이 너무 많았다.

제이 반천성에 운집한 무림 군웅의 수는 그 전날까지 무려 오만여 명에 달했다.

무림 군웅들이 모조리 오합지졸일 수는 없다. 반천성은 오합지졸은 아예 선발하지도 않았다.

최소한 일류고수 수준에 들어야 반천성에 발을 들여놓을 수가 있었다.

일류고수 이상의 고수들이 오만여 명이니, 어찌 천외사세가 변변하게 저항이라도 할 수 있겠는가.

한동안 살인을 하지 않고 잠잠했던 태무악은 오늘 살신(殺神)으로 부활했다.

그는 좌충우돌 천외사세의 우두머리 급에 속하는 자들만 골라서 주살했다.

그의 오른손에는 무형검이 춤을 추었고, 왼손에서는 경천동지의 강기들이 파도처럼 쏟아져 나가 닥치는 대로 적을 주살했다.

그의 뒤에는 단가상과 우란이 따랐다. 태무악의 공격에 즉사하지 않고 부상을 당한 자들을 두 여자가 가차없이 죽이고 또 죽였다.

또한 두 여자의 뒤에는 난봉고수들과 우란 휘하의 반천사부, 즉 지옥부 고수들이 따르며 천외사세 고수 한 명을 이십여 명이 합공하는 방법으로 죽였다.

조철악은 화운성과 한 조가 되어 두 사람 역시 우두머리 급이나 강한 자들만 골라서 죽였다.

화운성은 부상에서 완쾌되지 않은 몸이었지만 싸움에 자신이 빠질 수 없다며 훌훌 자리를 털고 나섰으며, 과연 맹룡처럼 진가를 유감없이 발휘하고 있었다.

백일낭과 조형구는 무간자와 무간낭자들, 즉 신풍고수들을 이끌고 신들린 듯이 싸웠다.

아비규환, 아수라장이 된 격전장을 누비면서 적들을 주살하는 것은 백일낭과 조형구에겐 신나는 장난처럼 보였다.

한 가지 특기할 점은 조형구가 흑오사련의 사파 정예고수 천 명을 백일낭 몰래 불러올려 그들을 이끌고 싸우고 있다는 사실이다.

생각이 깊은 조형구는 일석이조의 결과를 노리고 흑오사련 정예고수들을 불러올렸다.

사파도 중원을 위해서 한몫을 한다는 것과 그 일로 인해서 모든 일이 끝난 후에 흑오사련이 사파의 주도권을 잡기 위해서였다.

중원영웅 신풍혈수를 도와 무림대전쟁을 승리로 이끈 흑오사련이라면 어떤 사파인이라도 알아서 설설 기지 않겠는가.

반천사부와 구파일방의 지도자들은 각기 자신의 휘하를 이끌고 일사불란하게 적을 주살하고 있었다.

일견하기에는 싸움이 어지럽기 짝이 없는 듯하지만, 기실 반천성은 각자의 우두머리의 지휘하에 조금도 흐트러짐없이 움직이고 있었다.

천외사세는 여진족 대족장을 도와 천하를 평정한 후 콩고물이라도 얻어먹으려고 했으나, 부질없이 이곳 영정하 강변에 식은 몸을 쓰러뜨리고 있었다.

*   *   *

천존은 벌써 한 시진째 북경성 서쪽 부성문 성루 위를 떠나지 못하고 있는 중이다.

도대체 어떻게 해야 할지 대책이 서지 않았기 때문이다.

처음에 백호사자 궁무를 발견했을 때에는 단숨에 날아가서 일장에 쳐죽이고 싶었으나 끝내 그렇게 하지 못했다.

천중신군이 너무 많았기 때문이다. 이건 많아도 그저 많은 것이 아니라 부성문 전방의 광활한 평야를 아예 새카맣게 뒤덮고 있었다.

물론 천존 정도의 초극강 고수라면 성루에서 신형을 날려 궁무를 죽이는 것쯤이야 그리 어려운 일이 아니다.

하지만 그다음에는 반드시 보이기 싫은 광경을 보여줄 수밖에 없다.

궁무를 죽인 후 재빨리 도망치듯이 다시 성루로 돌아와야 하는데, 천존으로서는 도저히 할 수 없는 추태였다.

현재 천존이 이끌고 있는 천중신군의 실체는 일만 명 정도다. 그들을 이끌고 정면으로 돌파를 하는 방법도 있다.

하지만 결과를 예측할 수가 없다. 아니, 분명히 승(勝)보다는 패(敗)의 확률이 더 컸다.

물론 천존이나 우두머리 급 몇 명쯤은 포위망을 뚫고 탈출에 성공할 수도 있을 터이다.

그렇더라도 그것이 무슨 개망신이란 말인가? 천하의 천존이 자신이 거느렸다가 내친 수하들에게 쫓겨 줄행랑을 치다니, 그것은 생각할 수도 없는 최하책이었다.

천존은 지난 한 시진 동안 성루 한복판에 우뚝 서서 뒷짐을 진 채 꼼짝도 하지 않고 궁무를 주시하고 있었다.

궁무 역시 그 자리에서 움직이지 않고 마주 천존을 주시하고 있었다. 예전의 궁무라면 어림도 없는 행동이다.

그러나 지금 궁무는 천존 휘하의 백호사자가 아니라 중원을 지켜야겠다는 일념으로 뭉쳐진 중원인 궁무일 뿐이었다.

두 사람 다 생각이 복잡할 것이다. 그러나 궁무의 심정이 천존만큼 착잡하지는 않을 터이다.

궁무는 그저 중원인으로서의 의협심만 생각하면 될 일이지만, 천존은 수많은 생각으로 머리가 터질 지경이었다.

제일 먼저 생각나는 것은 장군이 부상국 왜군 오십만을 북경성으로 진격시키지 않았을 것이라는 사실이다.

장군이 배신을 했다면 그것은 너무도 자명한 일이다. 오히려 대명제국을 도와 국경으로 진군하고 있는 여진군과 몽골군을 공격할 수도 있다.

그렇게 되면 오십여 년 동안 꿈꿔오고 준비해 온 천존의, 아니, 여진족의 중원정복 대업은 물거품이 되고 만다.

지금 천존은 어떻게 하면 탈출을 할 수 있을지를 고민하는 것이 아니다.

너무 여유를 부렸던 자신을, 적을 너무 과소평가했던 자신을 꾸짖고 있는 중이다.

그의 치밀하게 준비된 대업을 산산조각 낸 모든 일의 중심에는 한 사람이 있었다.

바로 신풍혈수 태무악이다.

사실 천존은 태무악을 제압하여 자신의 그늘 아래에 두고 감시를 하거나 가르치거나 어쨌든 확실하게 묶어둘 방법을 수십 가지는 갖고 있었다.

그러나 그는 그렇게 하지 않았다. 태무악이 하는 짓이 귀엽기도 하고, 끝없이 도망을 치면서 점점 강해지는 모습을 보는 것이 대견하고 또 신기하기도 해서였다.

마치 조그만 쥐새끼 한 마리를 잡아서 자신이 쳐둔 울타리 안에 가두어놓고 어떻게 하는지 지켜보면서 즐기는 듯한 기분이었다. 솔직히 한 시진 전까지만 해도 천존은 그런 기분이었다.

그런데 그 쥐새끼가 울타리를 넘어 주인의 발가락을 깨물었다. 조금 더 있으면 어딜 물지 모른다.

'대업이 물거품이 되고 있다.'

결국 마지막에는 그런 결론 하나가 천존의 머릿속에 넘치도록 가득 찼다.

이대로 가만히 있다가는 대업이 수포로 돌아간다는 생각을 하자 그는 더 이상 가만히 있을 수가 없었다.

그가 갖고 있는 많은 장점 중에서 가장 뛰어난 세 가지는 하늘 높은 줄 모르는 자신감과 경천동지할 일신의 절세무공, 그리고 무궁무진한 계책을 궁리해 내는 두뇌다.

'그 어린놈을 죽이면 된다.'

결국 그는 이 모든 일의 한복판에 있는 태무악을 죽이는 것으로 결론을 내렸다.

그때 높은 하늘에서 한 마리 전서구가 천존을 향해 내리꽂혀 그의 팔뚝에 내려앉았다.

천존은 전서구 발목에 묶인 전통에서 돌돌 말린 서찰을 꺼내 빠르게 읽다가 얼굴이 보기 싫게 일그러졌다.

천존의 직속 휘하인 무라새의 보고에 의하면, 동해상에 정박 중이던 부상국 왜군 오십만이 명나라 수군 이십만의 인도를 받아 동북쪽 국경 지대를 향해 빠른 속도로 이동하고 있는 중이라는 것이다.

또한 중원 곳곳에 배치되어 있던 명나라 군대 육칠십만이 전속력으로 북쪽 국경을 향해 이동하고 있다는 보고가 덧붙여졌다.

원래는 여진과 몽골, 즉 여몽연합군 오십만이 국경을 치고, 부상국 왜군 오십만이 북경성으로 진주한다는 계획이었다.

그런데 국경을 지키는 명나라 군대 삼십만이 여몽연합군 오십만을 맞이하여 싸우고 있으면, 오래지 않아서 명나라 수군 이십만과 부상국 왜군 오십만 도합 칠십만이 국경에 한꺼번에 들이닥쳐 여몽연합군을 격퇴시킬 상황에 놓였다.

그뿐 아니라 대륙 전역에서 명나라 군대가 국경으로 향하고 있으니 이 싸움은 보나마나 여몽연합군의 참패가 분명할 터였다.

와작!

"음! 태무악 이놈!"

천존은 신경질적으로 손안의 서찰을 와락 구기며 묵직한 신음을 흘려냈다.

얼마 전까지만 해도 자신의 손녀사위로, 그리고 후계자로 서역정벌에 동행하려고 점찍었던 태무악이 지금 그의 발등을, 아니, 정수리를 찍고 있었다.

그러나 그는 여전히 포기하지 않았다. 태무악을 죽이고 주변을 새로 정리하면 늦게나마 대업을 완성시킬 수 있을 것이라고 계산했다.

그는 자신의 측근 중에서 가장 고강한 몇 명만을 이끌고 이곳을 벗어나 태무악을 찾아가기로 마음먹었다.

그때 전방의 궁무가 있는 곳에서 약간의 소요가 일어나는 것이 보였다.

궁무 뒤쪽에 겹겹이 포위망을 형성하고 있던 천중신군이 파도가 갈라지듯 양쪽으로 물러나면서 한 무리가 그곳으로 걸어나오고 있었다.

그들을 발견하는 순간 천존의 얼굴이 돌덩이처럼 굳어졌다.

그의 시야에 가장 먼저 들어온 사람은 손녀 사도옥과 제자 화운성이었다.

그런데 사도옥과 화운성 사이에 한 청년이 우뚝 서 있는 모습이 보였다.

일신에 흑의경장을 입었으며 무기는 지니지 않았는데, 긴 머리카락을 뒤에서 질끈 묶은 준수하면서도 천신 같은 풍모의 청년이었다.

천존은 그가 바로 신풍혈수 태무악이라는 사실을 한눈에 알아보았다.

그는 이날까지 태무악을 실제로 본 적이 한 번도 없었다. 만날 기회도 없었고 굳이 봐야 할 이유도 없었다.

천존의 원대한 야망의 중요한 하나의 축으로 선택을 받아 길러졌던 태무악.

그러나 그로 인해서 부모와 식솔들, 고향을 잃은 채 지옥 같은 무간옥에서 짐승처럼 어린 시절을 보내야만 했던 태무악이다.

운명의 가해자와 피해자가 드디어 삼백 장 거리를 두고 마주 서게 된 것이다.

차라리 애초부터 태무악을 거두지 않았더라면, 천존의 오늘날의 실패는 없었을 것이다.

오행신체인 그를 거두어 잘 키워서 자신의 후계자로 삼기 위해 부모와 식솔들을 죽이고 그에게는 지옥 같았던 삶을 살게 하지 않고, 다른 방법으로 그를 거두었더라면 역사는 또 어떻게 바뀌었을지 모르는 일이다.

문제는 천존이 태무악의 부모와 식솔을 살해하고 그를 한 마리 짐승으로 키웠다는 사실에서 기인했다.

태무악이 등장한 이후 천존의 시선은 그에게 못 박혀 꼼짝도 하지 않았다.

그러기는 태무악도 마찬가지다. 그는 만감이 교차하는 복잡한 표정으로 부성문 성루의 천존을 주시하고 있었다.

성루에는 여러 명이 도열해 있었으나 태무악은 그들 중에서 천존을 한눈에 알아보았다.

그 역시 천존을 한 번도 본 적이 없었으나 그를 알아보는 것은 어렵지 않았다.

천존은 눈처럼 흰 백포를 입었고 속세를 벗어난 듯 탈속한 초로의 학자의 모습이었다.

태무악과 천존은 서로를 주시하면서 오랫동안 눈도 깜빡이지 않고 침묵을 지켰다.

이곳에 수많은 사람들이 있지만 이들 두 사람보다 심정이 복잡한 사람은 없을 터였다.

태무악의 좌우와 주위에는 지금까지 그와 생사를 함께했던 측근들이 서 있었다.

그러나 그들은 아무도 입을 열지 않았다. 이것이 태무악과 천존 두 사람이 해결해야 할 일이라는 사실을 잘 알고 있기 때문이다.

슷……

그때 천존이 성루에서 둥실 떠올랐다가 비스듬히 마치 한 조각 흰 구름이 미끄러지듯 지상으로 하강했다.

그러더니 성문과 태무악의 중간 지점에 내려서 우뚝 섰다.

수천, 수만의 시선이 천존 한 사람에게 집중되었다.

태무악, 그리고 측근과 모든 사람들은 천존의 그런 행동이 무엇을 의미하는지 알고 있었다.

천존과 태무악 두 사람이 결판을 내자는 뜻이다.

태무악 쪽에서는 한 사람을 제외하곤 그가 천존을 이길 것이라고는 아무도 예상하지 않았다.

그를 믿는 한 사람은 바로 사도옥이었다. 그녀는 자신의 공력까지 태무악에게 깡그리 주었기 때문에 그 정도면 천존을 이길 수 있을 것이라고 낙관하는 것이다.

하지만 그런 사실을 모르는 측근들은 더없이 염려하는 표정을 얼굴에서 지우지 못했다.

그래서 할 수만 있다면 태무악이 천존과 일대일로 싸우지 않기를 원했다. 그렇지만 그것이 피할 수 없는 운명이라는 사실도 알고 있었다.

태무악 주위에는 그와 연관이 있는 사람들이 모두 모였다.

그중에서 그의 뒤에 서 있는 주령의 얼굴에 떠올라 있는 근심이 가장 짙었다.

슥—

그때 태무악이 천존을 향해 걸음을 떼었다.

"악 가."

그러자 깜짝 놀란 듯 주령이 그를 불렀다.

태무악은 천천히 상체를 돌려 주령을 바라보다가 손을 뻗어 그녀의 뺨을 어루만졌다.

"걱정 마라."

그 말은 주령에게 위로가 되지 못했다.

"악 가."

주령은 자신의 뺨을 어루만지는 태무악의 손을 잡아 가만히 자신의 배에 갖다 댔다.

태무악은 의아한 표정을 지었으나 곧 깜짝 놀란 표정을 지었다.

손바닥을 통해서 생전 처음 접하는 기이한 느낌을 감지했기 때문이다.

주령의 뱃속에 하나의 작은 생명체가 있었는데, 그것에서 심장박동이 느껴진 것이다.

태무악은 놀란 얼굴로 주령을 쳐다보았다.

주령은 배시시 엷은 미소를 지으며 말없이 고개를 끄덕였다.

'뱃속의 아기를 위해서라도 꼭 살아야 해요'라고 그녀의 미소가 말하고 있었다.

태무악은 빙그레 미소를 지었다. '걱정 마라. 나는 틀림없이 좋은 아버지가 될 거야'라고 그의 미소가 대답했다.

이어서 그는 몸을 돌려 곧장 천존을 향해 걸어갔다. 걸음을 옮기고는 있으나 두 발이 전혀 땅에 닿지 않았고, 서너 걸음을 옮겼을 땐 어느새 백오십여 장의 거리를 좁혀 천존의 열 걸음 앞에 우뚝 천신처럼 멈추어 섰다.

그가 갑자기 쏘아가자 측근들은 크게 놀라거나 움찔 몸을 떠는 등 여러 반응을 보였다.

그때부터 그들은 극도로 긴장하고 초조한 표정으로 눈도 깜빡이지 않고 두 사람을 주시했다.

"허허… 잘 컸구나, 무악아."

천존이 먼저 입을 열었다. 그는 마치 오랜만에 만난 손자에게 하듯 친근한 미소를 지었다.

그러나 언제나 그렇듯이 가해자는 웃을 수 있어도 피해자는 그러지 못하는 법이다.

태무악은 차가운 얼굴로 중얼거렸다.

"나는 천존이라는 자가 내 운명을 망쳤다는 사실을 알고부터 단 하루도 널 죽이는 꿈을 꾸지 않은 날이 없었다."

그의 대꾸는 직설적이었다. 예의도, 절차도 없이 단지 자신이 품고 있던 바를 그대로 터뜨릴 뿐이다. 예의는 인간에게 갖추는 것이지 악마에겐 아니다.

그때까지도 천존은 미소를 잃지 않았다. 어떻게든 태무악을 설득하여 다시 자신의 대야망을 이루려는 흑심을 품고 있었기 때문이다.

"허허헛! 무악아, 뭔가 오해가 있는 것 같구나. 나하고 차분히 대화를 해보지 않으련?"

"너의 목을 베어 머리를 부모님과 만천하인에게 바친 후 네 몸뚱이는 갈가리 찢어서 들개 먹이로 주려는데, 너는 과연 무슨 수로 나와 대화를 하려느냐?"

천존은 말문이 막혔다. 하지만 그는 태무악의 분노가 너무 크다는 것을 느끼는 대신 그와는 얘기가 통하지 않을 것이라는 생각을 먼저 했다.

단지 그것이 가당치도 않아서 그는 결국 본심을 드러낼 수밖에 없게 되었다.

"너를 죽이면 모든 것은 제자리를 잡을 것이다."

"천존 네가 죽는다고 해도 너의 손녀와 제자조차도 너를 위해 슬퍼하지 않을 것이다."

문득 천존의 시선이 저 멀리 나란히 서 있는 사도옥과 화운성에게 향했다.

"사람의 관계를 형성하는 것은 정(情)이다. 너는 애초에 옥이와 운성에게 정을 베풀지 않았으므로 그들에게도 정을 기대하지 않는 것이 옳다."

"정이라고?"

천존은 혼잣말처럼 중얼거린 후에 강한 어조로 말하다가 태무악의 쐐기 같은 일갈에 말문이 막힌다.

"정 같은 것은 쓸모없는 인간들이나······."

"옥이는 자신의 부모를 네가 죽였다는 사실을 알고 있다. 그리고 부모가 자신에게 사랑을 쏟았다는 사실 또한 똑똑히 기억하고 있다."

"옥이는 그때 겨우 두 살 남짓이었다."

"후후, 옥이가 구음절맥이라는 사실을 알고 있으면서 기억력이 뛰어나다는 사실은 모르고 있었느냐?"

"······."

"옥이는 네가 아들 부부를 죽인 광경을 생생하게 기억하고 있다. 그리고 내게 너를 죽여달라고 부탁했다."

그 말에도 천존은 추호의 뉘우침도 없다. 단지 태무악을 설득하는 것이 틀렸다는 사실만 재차 깨달았을 뿐이다.

"번거롭기는 하지만, 일단 너를 죽이고 나서 새롭게 시작해야 할 것 같구나."

천존은 아무런 자세도 취하지 않은 채 말을 이었다.

"십 초식 만에 나를 이 자리에서 움직이게 하면 내가 진 것으로 인정하고 깨끗이 물러나겠다."

그는 태무악이 기특하게 잘 커준 것만 알 뿐이지, 그의 실체가 어떤지는 모르는 듯했다.

"천존, 일부러 패할 생각은 하지 마라."

태무악의 말뜻이 무엇인지 깨닫고 천존은 어이없다는 표정을 지었다.

천존을 죽이려는 태무악의 수중에서 살아남으려고 일부러 패해서 물러나려는 얕은 수를 쓰지 말라는 뜻이다.

"너는······."

천존은 엄한 표정으로 말을 하려다가 멈추었다. 태무악이 곧장 자신을 향해 쏘아오기 시작한 것이다.

"어리석은 놈. 경주(慶酒)는 마다하고 벌주(罰酒)를 마시려고 하다니······."

천존이 끌끌 혀를 차고 있을 때 다섯 걸음 앞까지 쇄도한 태무악의 첫 번째 공격이 개시됐다.

후우우······.

무언가 안개 같은 흐릿한 기운이 번갯불처럼 쏘아오자 천존은 대수롭지 않게 슬쩍 왼손 소매를 흔들었다.

쫘르릉!

순간 엄청난 폭음이 터지면서 천존은 왼손으로 철벽을 때린 듯한 충격을 받고 주춤 뒤로 두 걸음 물러났다. 동시에 왼팔이 팔꿈치까지 은은히 저린 것을 느꼈다.

태무악의 첫 번째 공격에 그는 묵직하게 두 걸음이나 뒷걸음을 쳤다.

그것으로 그는 패했다. 그 자신이 방금 전에 자신을 한 걸음이라도 움직이게 하면 패한 것으로 인정하겠다고 말했기 때문이다.

하지만 그는 자신이 패했음을 인정하지 않았다. 어차피 지키지 않을 약속이었다.

그보다는 태무악이 첫 일격으로 자신을 두 걸음이나 물러나게 했다는 사실에 적잖은 충격을 받았다.

그제야 비로소 그는 자신이 태무악을 과소평가했다는 사실을 깨달았다.

하지만 여전히 자신이 손을 쓰기만 하면 태무악을 오 초식 이내에 제압할 수 있을 것이라고 확신했다. 그러나 그 확신이 무너지기까지는 그리 오래 걸리지 않았다.

"이 녀석……."

그가 발끈하여 막 초식을 발출하려는데 그보다 먼저 비스듬히 허공으로 솟구친 태무악에게서 두 번째 공격이 뿜어졌다.

투학!

태무악에게서 시커먼 빛덩이가 무엇보다 빠른 속도로 천존을 향해 쏘아왔다.

아니, 태무악은 첫 번째 공격과 두 번째 공격을 따로 나누어서 한 것이 아니다.

첫 번째 무형의 기운이 뿜어지자마자 천존이 숨 돌릴 틈도 주지 않고 두 번째 시커먼 빛덩이가 연이어 발출된 것이다.

첫 번째 공격은 극마벽, 두 번째는 마종신권의 권풍이다.

권풍은 일류고수쯤 되면 누구라도 전개할 수 있다. 하지만 태무악의 권풍은 단순한 권풍이 아니었다.

　사도옥의 공력까지 흡수하여 출신입화지경에서 우화등선(羽化登仙) 신의 경지에까지 오른 그가 전개하는 것이니, 그 위력이 어떨지는 굳이 설명하지 않아도 된다.

　슉!

　순간 천존이 간발의 차이로 몸을 솟구쳤다.

　꽝!

　폭음과 함께 그가 서 있던 자리에 거짓말처럼 깊은 웅덩이가 생겼다. 권풍 일격에 깊이 이 장의 가공할 구덩이가 움푹 파인 것이다.

　"이 녀석. 요절을 내주마."

　태무악 머리 위로 솟구쳐 비로소 공격의 기회를 잡은 천존이 두 손을 합쳤다가 뿌리치듯이 태무악을 향해 뻗었다.

　콰우우!

　순간 화운성의 입에서 날카로운 외침이 터졌다.

　"태 형! 태극천신강(太極天神罡)이오! 맞부딪치면 안 돼!"

　무림에서는 '태극천신강을 능가할 무공이 없다'라는 말이 통념처럼 전해지고 있었다.

　하지만 그 말은 오래전에 실전됐던 한 가지 절세무학이 나타나지 않았을 경우에 한해서다.

그것은 바로 무극파천황이다.

태무악은 화운성의 다급한 외침을 듣지 못한 듯 곧장 천존을 향해 맞부딪쳐 가며 두 손바닥을 모았다가 앞으로 쭉 뻗어 전신의 전 공력을 뿜어냈다.

고오오!

그것을 본 천존의 눈빛이 가볍게 흔들렸다.

'설마… 무극파천황이란 말인가?'

그 순간 두 줄기 절세신공이 허공중에서 무시무시하게 격돌했다.

쩌르릉!

천존은 강풍에 날리는 지푸라기처럼 허공으로 훌훌 날아갔고, 태무악은 땅으로 내리꽂혀 패대기쳐졌다.

우화등선의 경지에 이른 태무악을 땅바닥에 내동댕이칠 정도라니, 과연 천존은 천하제일인이라고 불려도 손색이 없을 만큼 극강했다.

쿠오오!

날려가던 천존이 어느새 지상의 태무악을 향해 두 번째 태극천신강을 발출했다.

땅에 쓰러졌다가 일어나고 있던 태무악에게 태극천신강이 고스란히 적중됐다.

퍼억!

"악!"

"앗!"

태무악 측근들 쪽에서 날카로운 비명이 한꺼번에 와르르 터져 나왔다.

"후후… 어린놈이……."

손을 거두면서 스르르 하강하며 득의한 웃음을 흘리던 천존의 얼굴이 흠칫 가볍게 변했다.

땅에 피투성이가 되어 쓰러져 있어야 할 태무악의 모습이 온데간데없이 사라졌기 때문이다.

순간 그는 자신의 등 뒤에서 미약한 기척을 느끼고 번개같이 돌아서면서 일장을 발출하며 득의하게 웃었다.

"헛헛헛! 무간옥의 잡공 무영투공인가?"

"틀렸다. 광속참이다."

그런데 천존의 뒤에서 흐릿한 중얼거림이 들려왔다.

"……?"

이미 태극천신강을 발출하고 있던 천존은 움찔했다.

푹!

다음 순간 등이 화끈했다.

뿌득.

시커먼 쇳덩이가 피를 흠뻑 머금은 채 천존의 가슴으로 불쑥 튀어나왔다.

태무악의 애검 흑자검이 천존의 호신강기를 종잇장처럼 찢어버린 것이다.

태무악은 될 수 있는 한 무간옥의 무공, 즉 백팔살인공으로 천존을 상대하고 싶었다.

"버르장머리없는……."

슈우우…….

순간 천존이 등에 흑자검을 꽂은 채 무엇보다도 빠르게 빙글 몸을 돌리며 팔을 휘둘렀다.

껑!

상시 호신강기가 몸을 보호하고 있는 태무악이지만, 그 일격에 한쪽 어깨를 강타당하고 입에서 피를 뿜으며 십여 장이나 날아갔다.

"나는 네놈을 만들어낸 창조자란 말이다!"

그림자처럼 태무악을 쫓는 천존은 여전히 등과 가슴을 관통한 흑자검을 몸에 꽂은 채 엄하게 꾸짖었다.

"갈(喝)!"

그가 팔을 위에서 아래 세로로 긋자 초승달 같은 강기가 뿜어졌다.

뿌악!

"커윽!"

날아가던 태무악은 가슴 부위에 강기를 적중당한 채 땅바닥에 패대기쳐졌다.

호신강기가 아니었으면 그의 가슴 부위가 가로로 절단됐을 것이다.

쾅!

스으으.

천존은 느릿하게 일어나고 있는 태무악 앞 이 장 거리에 스르르 하강해 내려섰다.

태무악은 코와 입에서 검붉은 피를 흘리면서도 두 눈에서 독기를 뿜으며 천존을 쏘아보았다.

천존은 이제 한 번만 손을 쓰면 확실하게 태무악을 죽일 수 있다고 믿었다. 하지만 그는 그전에 마지막 자비를 베풀고 싶었다.

"무악아, 어떠냐? 지금이라도 늦지 않았다. 내 후계자가 되어 천하를……."

"클클, 아직도 헛소리를 지껄이는 것이냐?"

그러나 천존의 자비는 입과 코에서 피를 줄줄 흘리는 태무악의 씹어뱉는 말에 끊어지고 말았다.

천존은 씁쓸하게 중얼거렸다.

"네가 죽음으로써 나의 대업은 다시 시작될 것이다."

태무악은 천천히 팔을 들어 올려 천존을 가리켰다. 아니, 그의 가슴에 꽂혀 있는 흑자검을 가리켰다.

무신(武神) 315

"죽는 것은 내가 아니라 너다."

천존은 힐끗 자신의 가슴을 내려다보았다. 흑자검의 시커먼 검첨에서 피가 뚝뚝 떨어지고 있었다.

그러나 천존은 등 뒤로 손을 돌려 흑자검의 손잡이를 잡아 뽑으려 하면서 입가에 엷은 미소를 지었다.

"허허, 이 정도로는 나를 어쩌지 못한다."

그러나 다음 순간 그는 흠칫 표정이 변했다. 흑자검이 뽑히지 않는 것이다.

그가 뭔가 심상치 않은 얼굴로 쳐다보자 태무악은 악귀처럼 섬뜩하게 웃었다.

"그것은 흑자검이라고 한다. 무간옥에서부터 나의 피맺힌 한을 듬뿍 먹고 자란 놈이지."

천존은 전 공력을 끌어올려 흑자검을 뽑으려 했지만 요지부동이었다.

그는 그제야 불길한 예감을 했다. 흑자검이라는 것이 태무악의 필살기일지 모른다는 생각이 든 것이다.

"나는 너를 갈가리 찢어 죽이겠다고 약속했다. 그러나 부모님 영전에 바쳐야 하기 때문에 수급은 온전히 보존해 주마."

"너······."

순간 천존의 머릿속으로 오십여 년 전에 시작한 대업을 향한 계획과 방금 전까지 일어났던 수많은 일들이 주마등처럼 스쳐 갔다.

사실 태무악은 흑자검에 자신의 공력 절반을 묻어두었다. 그랬기에 천존의 공격에 속수무책 당했던 것이다.

"무악아……."

천존은 일그러진 얼굴로 입을 열었으나 다음 말을 뭐라고 해야 할지 떠오르지 않았다.

그때 태무악의 짧고 카랑카랑한 목소리가 울렸다.

"죽어랏!"

쩌쩌쩡!

태무악이 손을 뻗자 그 순간 천존의 몸속에 꽂혀 있던 흑자검이 수십 조각으로 쪼개지면서 그의 몸뚱이를 갈가리 찢어발겼다.

퍼퍼퍼퍽!

육편이 흩뿌려지고 핏물이 튀었으나 태무악의 약속대로 천존의 머리는 흠집 하나 없이 땅에 떨어졌다.

한 시대를 쥐락펴락했던 전대미문의 절대자 천존은 이렇게 생을 마감했다.

자신이 키운 무간옥의 어린 무간자에게.

태무악이 천존의 머리카락을 움켜쥐고 수급을 들어 올릴 때까지 좌중에는 침묵만이 흐를 뿐 아무도 입을 열지 않았다.

그때 조철악의 굵직한 목소리가 나직하게 흘렀다.

"무악은 대무신(大武神)이다."

무학의 시작이며 끝이라고 일컬어지는 전설.

그것이 대무신이다.

천존을 잃은 성루의 천중신군 실체들이 우왕좌왕하더니 갑자기 산지사방으로 도망치기 시작했다.

"잡아라! 한 놈도 놓치지 말고 주살해라!"

"모조리 잡아 죽여라!"

조철악과 백호사자 궁무의 호통이 동시에 허공을 울렸다.

그때 태무악의 측근들이 우르르 그에게 달려왔다.

그러나 그들은 태무악 가까이에 이르러선 근접하지 않고 주령에게 길을 터주었다.

주령이 주위를 둘러보더니 얼굴 가득 겁먹은 표정을 짓고 있는 수피를 찾아내서 그녀의 손을 잡고, 다음에는 사도옥의 손을 잡더니 천천히 태무악에게 걸어갔다.

태무악은 천존의 수급을 조철악에게 넘겨주고 세 여자를 맞이했다.

가까이 다가온 주령이 기쁨의 눈물을 흘리면서도 단호하게 주의를 주는 것을 잊지 않았다.

"저와 수피, 그리고 옥이 셋뿐이에요. 더 이상의 여자는 안 돼요."

그 말에 수피가 깜짝 놀라서 뒷걸음질치며 주령의 손을 놓으려고 하였다.

그러나 주령은 그녀의 손을 꼭 잡고 놓지 않았다.

태무악은 빙그레 미소 지었다.

"한 가지만 약속해 줘."

"말씀하세요."

"여황 그거 그만둬."

주령은 배시시 미소 지었다.

"저는 이미 오래전에 황족 중에서 뛰어난 인재를 골라 황제로서 교육을 시키고 있는 중이에요. 그에게 황위를 물려줄 생각이에요."

그때 수피가 조심스럽게 태무악의 입가와 코의 피를 비단 수건으로 닦아주었다.

그녀가 다 닦기를 기다렸다가 태무악이 미소를 지으며 걸음을 옮겼다.

"자, 이제 가자."

사도옥이 졸졸 뒤따르며 물었다.

"악 가, 우린 어디로 가나요?"

"송 이모에게."

"거기가 어딘데요?"

주령이 환하게 미소 지으며 대답했다.

"강서성 파양현 벽라촌이야. 그곳은 악 가의 고향이지. 그곳에서 송 이모가 기다리고 계셔."

"아……."

태무악이 양쪽에 주령과 수피의 허리를 안고 목에는 사도옥을 무등 태우고 걸어가기 시작하자 수많은 무림 군웅이 기다렸다는 듯이 환호를 터뜨렸다.

"와아아! 대무신 만세!"

"와아아아! 무림대영웅 대무신 만만세!"

태무악과 주령, 수피, 사도옥의 뒤를 이어 측근들이 줄줄이 뒤를 따랐다.

태무악의 이번 고향길에는 추적자들이 뒤쫓지 않을 것이다.

『대무신』大尾

War Mage

워메이지
김재한 퓨전 판타지 소설

사람들이 인식하는 상식의 세계 이면,
짙은 어둠이 드리워진 그곳에 사는 괴물들이 있다.

문명이 드리운 그림자 속에서, 전투기계들과
인간의 사념으로부터 태어난 마물들이 격돌한다.
마법과 주술이 난무하는 초현실적인 결장,
소년은 그곳에 서는 대가로 인생을 잃었다.
운명의 노예가 되어 가족과 인성을 잃어버린 소년, 진유현.

총염(銃炎)과 검광(劍光)이 뒤얽히는
어둠의 거리에서, 운명의 족쇄를 끊고 나온
소년의 눈이 살의를 발한다.

유행이 아닌 자유추구 -
WWW.chungeoram.com
Book Publishing CHUNGEORAM

참마도 新무협 판타지 소설

鬼弓士
귀궁사

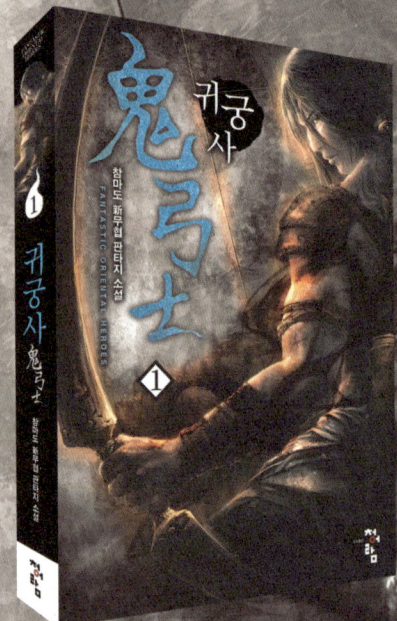

**참마도 작가!! 그가 『무사 곽우』에 이어
다섯 번째 강호 이야기를 새롭게 풀어내다!!**

"길의 중앙에서 떳떳하게 서서 당당히 걸어가래.
사람으로 태어난 이상 그 누구도 당당하게 살아갈 권리는 있다고 말이야."

단야의 오른손이 꽉 쥐어졌다. 별것도 아닌 말이다.
하나 이토록 마음에 남는 소리는 없었다.
사람으로 태어나서…….

요물, 괴물.
나이를 먹지 않는 월홍과 얼굴이 징그럽게 망가진 단야.
그들 앞에 펼쳐진 강호란……!

유행이 아닌 자유추구 -
WWW.chungeoram.com
Book Publishing CHUNGEORAM

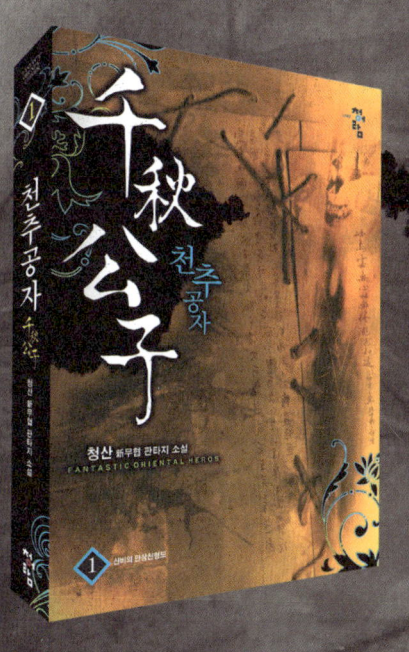
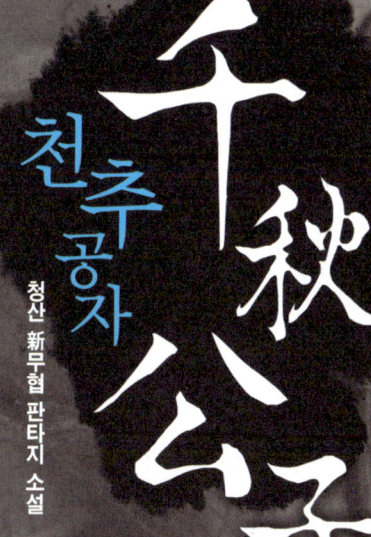

운명을 뛰어넘는 담대한 도전!

황제마저 농락한 숭문세가의 공자 문천추(文千秋).
용문에 이르기 전까지 그는 시문과 서화를 즐기며 대하를 누비는
한 마리 커다란 잉어였다.
그러나 운명은 그를 용문(龍門) 앞에 이끌었다.
용문의 드센 물살을 거슬러 올라 용(龍)이 될 것인가,
아니면 용문점액의 상처를 입고 추락할 것인가.

죽음의 하늘 사중천(死重天)!
오로지 파괴와 살육만을 일삼는 사마악(邪魔惡)의 결집체.
사중천의 어둠은 태양마저 가리며 천하를 뒤덮는다.
마침내 죽음의 하늘과 맞서는 용 울음소리.

천추(千秋)에 빛날 문무제일공자의 호쾌한 행보가 시작되었다.

유행이 아닌 자유추구 -
WWW.chungeoram.com
Book Publishing CHUNGEORAM

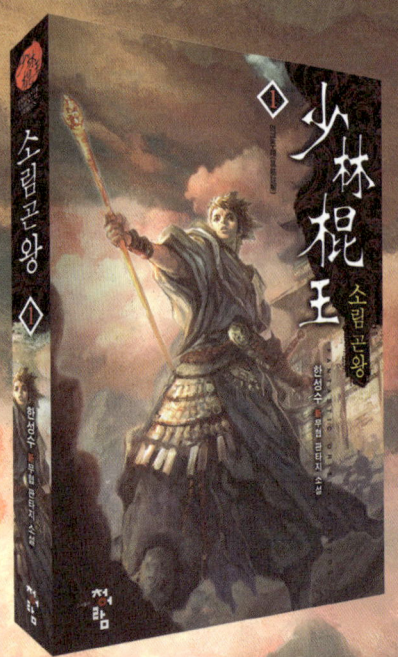

少林棍王 소림곤왕

한성수 新무협 판타지 소설

감동의 행진을 멈추지 않는 작가 한성수!

구대문파 시리즈의 두 번째 이야기 『소림곤왕』!!
그 화려한 무림행이 펼쳐진다

"너는 지금부터 날 사부님이라 불러야만 하느니라.
소림사의 파문제자인 나, 보종의 제자가 되어서 앞으로 군소리없이 수발을 들고 모진
고통을 이겨내며 무공 수련을 해야만 한다."

잡극계의 천금공자 엽자건!
소림의 파문제자 보종의 제자가 되다!!

역사와 가상,
실존의 천하제일인과 가상의 천하제일인에 도전하는 주인공!
이제부터 들어갑니다, 부디 마음껏 즐겨주시기 바랍니다.
- 작가 서문 中에서.

 유행이 아닌 자유추구 -
WWW.chungeoram.com
Book Publishing CHUNGEORAM